ARTEMIS

Volume 4

Narrativa

Roberto Staiano

NEMESI

Editing: Anna Messina

Impaginazione: R. D. Hastur

Copertina: Davide Romanini

ISBN: 978-88-6817-039-4

Pubblicato da **Eclypsed Word**

Marchio di **Kreattiva Edizioni**
Via Primo Maggio, 416, 41019, Soliera (MO)
Tel. +39 3316113991 +39 3392494874
Cod. Fisc. 90038540366
Partita IVA 03653290365

©2017 Eclypsed Word per Associazione Culturale KREATTIVA

Collana "Artemis", 2017

Capitolo I

Julia ha 26 anni, vive a Berlino ed è un'artista, condivide un appartamento con due ragazze portoghesi e una greca, in un mix potente di sapori latini. Un melting pot che ha prodotto varianti interessanti della carbonara, spingendosi fino a miscelare la antelajana portoghese con la pita greca. In fondo ama quella fusione di pronunce, lingue e slang, la fa sentire viva e vibrante come un diapason.

Le stelle hanno occupato il cielo da un pezzo quando i capelli biondi di Julia si posano sul cuscino, la città è immersa nel silenzio della notte, mentre i tram tornano silenziosi e vuoti nei depositi. Qualche taxi percorre le strade della città sfilando tranquillo ai semafori;un gatto cammina distratto lungo il parapetto che si affaccia sulla Sprea con l'acqua che scorre, nera e muta lungo gli argini.

Julia riposa circondata dal disordine di fogli scarabocchiati, schizzi di opere da iniziare, foto da ritoccare e da post-it attaccati alla bene e meglio che le ricordano le scadenze dei suoi lavori o delle bollette.

Sulla scrivania, il PC dorme con una tazza di caffè vuota vicino, mentre la luce pallida della luna illumina una tela bianca lasciata sul cavalletto, il legno chiaro di noce brilla come fosse vivo e l'ombra delle tre gambe che lo sostengono si proietta sul pavimento.

I pennelli, col corpo consumato e le setole macchiate, sonnecchiano in un barattolo di vetro, mentre i colori ronfano piano su una tavolozza consumata. La tinta è in letargo da giorni, leggermente opaca, appare secca in superficie ma è ancora viva e pulsante al suo interno. Paziente, non si crepa ed è come se aspettasse solo un buon motivo per tornare a brillare.

Le lancette dell'orologio s'inseguono senza prendersi, come amanti confusi dal tempo, ma, quando finalmente si trovano abbracciate l'una sull'altra, come corpi nudi, allo scoccare della mezzanotte, Julia apre gli occhi. Azzurri come il cielo, come il mare baciato dal sole nei primi giorni di primavera, con l'iride dilatata per catturare la scarsa illuminazione concessa dalla notte. Un nero profondo che inghiotte il pallido bagliore lunare, mentre una brezza fresca entra dalla finestra portando con sé un messaggio. Una serie di sensazioni trasportate dall'aria, come i raggi del sole portano calore e luce, vibrazioni e tremori che corrono lungo i muscoli, superano le ossa e s'infilano nel cervello scuotendo i neuroni.

Gli occhi azzurri, come vetro soffiato di Venezia, fissano la tela nuda, c'è qualcosa di strano nell'aria, un che di inquieto e fremente, come se fosse carica di vita. La tela è come il corpo di una donna bellissima che aspetta di vederle donata un'anima, una scintilla di vita che le conferisca un nome, un senso, una ragione di esistere, qualcosa che giustifichi la sua creazione.

Tutto deve avere un senso nell'universo, anche una tela bianca che riposa su un cavalletto.

Julia lascia il letto con i capelli biondi che le cadono disordinati sulle spalle, indossa una tshirt che le arriva poco sopra le ginocchia ed è scalza. Adora camminare scalza, il contatto col pavimento le dona un senso di legame col mondo. Da bambina le piaceva correre in giardino a piedi nudi, sentire i sottili fili d'erba bagnarle le caviglie con le loro gocce di rugiada. Rideva rumorosamente, di un riso cristallino,con la mente innocente di bambina.

Ora però il suo corpo è come un catalizzatore di energia, una forza che raccoglie le vibrazioni del mondo, amplificandole per poi proiettarle, attraverso le mani, sui suoi quadri o nelle foto.

Lungo la schiena le corre lo stesso brivido di quando cattura un frammento di esistenza con l'obiettivo della sua Canon. Ha il corpo sottile, la carnagione chiara che sa di nord e freddo, ma il naso disegna una piccola curva verso l'alto, quasi fosse un gesto di ribellione.

Julia, con la sua arte, inganna la morte e il tempo che passa, strappa dalle loro mani momenti che saranno vivi per sempre, anche dopo di lei. E le emozioni che imprime sulla carta fotografica o la tela, continueranno a vibrare in eterno negli occhi di chi li guarderà.

Quando le sabbie del tempo avranno sepolto il suo corpo, cancellato la memoria della sua voce da coloro che l'hanno sentita, sarà ancora viva con le sue opere. Perché la morte può congelarle il sangue, fermarle il cuore ma non può niente contro i lembi di anima che fa aderire, attraverso le tempere, alla tela nuda.

Spesso si chiede cosa resterà di lei quando il mondo sarà andato ancora avanti, quando le stagioni si saranno susseguite sul suo volto segnandolo indelebilmente. Cosa accadrà nel momento in cui gli occhi suoi si chiuderanno per abbracciare l'eternità?

In quei momenti sorride pensando a quanti pensano di fermare il tempo con la chirurgia estetica o con delle creme. In quella vanità vede il riflesso della paura, del terrore di non esistere oltre il proprio corpo, l'esercizio futile di perpetrare, in eterno, un'immagine perfetta di sé. Come se la vecchiaia fosse una vergogna da evitare. Julia,invece, ama osservare i volti segnati dal tempo, immagina quanta vita sia potuta scorrere tra quelle rughe o come le emozioni abbiano plasmato i sorrisi. Sulla nostra pelle imperfetta dipingiamo la nostra vita.

Vede un immenso muro nero pronto a inghiottirla, proprio come Kronos divorava i suoi figli, sentendosi piccola e vulnerabile. Vorrebbe rannicchiarsi in posizione fetale, ma non si arrende.

Non concede alla paura che un singolo attimo prima di afferrare i pennelli, cominciando a dipingere. I movimenti si alternano leggeri e violenti, passionali come il sesso o delicati come l'amore. Dipingere è come scopare, Julia usa tutti i muscoli del suo corpo, ogni fibra della sua anima. Violenta se stessa oppure si ama, si perdona o si accanisce sulle sue colpe senza pietà.

Le setole s'immergono nei colori, penetrano i legami chimici che hanno solidificato la tempera mandandoli in frantumi, assorbono i pigmenti depositandoli sulla superficie ruvida della tela. I pennelli danzano, sono cigni che sfiorano appena la superficie dell'acqua oppure gabbiani che si tuffano in essa cercando di cacciare una preda.

È in trance, risucchiata da quella spirale di energia vibrante, dall'urlo silenzioso e seduttivo dell'arte. Braccia violente la strappano dal mondo reale di giorni che si susseguono lanciandola in una dimensione del tutto diversa. L'arte è un'amante esigente, ti sveglia quando dormi, ti priva della fame e del sonno impadronendosi della tua vita. Julia non saprà cosa sta disegnando finché non avrà finito, l'ispirazione è questo, un fiume che straripa o un temporale che ti sorprende mentre sei fermo a vivere la tua vita. Una lacrima, una foglia portata via dal tempo o il riflesso di un sorriso nelle pozzanghere dei ricordi che si espande diventando qualcosa di nuovo, arte. Scosse di adrenalina che guidano le mani, sudore che cade dalla fronte e scivola lento lungo il viso ovale per esplodere in mille gocce sul pavimento. Gocce che cadono nel silenzio della notte, tra i respiri affannati di Julia, che lasceranno sul pavimento una leggera ombra, come fossero impronte nella terra umida dopo la pioggia.

Va avanti per ore senza sentire la stanchezza o il sonno, la t-shirt è stata lanciata sul letto dopo che il caldo dell'enfasi l'ha stretta nella sua morsa, è nuda, davanti la tela, il corpo bianco e magro, le braccia sottili che tracciano nel vuoto forme geometriche precise.

Il corpo avvolto di un velo umido, la sua ombra che si staglia sul quadro, quando il sole rosso fuoco dell'alba inonda la stanza. Immergerà nella luce abbagliante del mattino ignara che tutti gli artisti del mondo vorrebbero essere sul balcone davanti la sua finestra per poterla raffigurare così com'è. Fa un passo indietro per ammirare la sua opera e rimane sconvolta. Uno sfondo di sangue con una maschera d'oro, ma più di tutto la fa tremare la firma sul quadro, non è il suo nome. Porta la mano sulla bocca lasciando cadere il pennello, lacrime di colore schizzano sul pavimento macchiandole i piedi nudi, c'è un volto sulla maschera d'oro che la fissa, un riflesso che porta con sé l'espressione del terrore.

Gli occhi azzurri di Julia si abbassano e vedono riflesse nella maschera d'oro due mani avvinte a un collo sottile.

Marlo apre la porta lentamente, indossa una polo nera con dei jeans chiari strappati sul ginocchio destro, si dirige disinvolto verso la scrivania di legno scuro del cardinale Rossini, sono circondati da librerie colme di tomi, quadri di nature morte e una poltrona in pelle che fissa il divano a due posti che le sta davanti. Sono i bastioni che separano il visitatore dalle sedie davanti la scrivania, la terra di nessuno dove il porporato incontra i suoi amici, gli alleati e spesso anche i nemici. Rossini veste una semplice camicia celeste col collarino bianco, ha i capelli grigi con il viso solcato dalle rughe e lo fissa con i piccoli occhi verdi sorridendo stanco.

- Accomodati.

Gli indica il divanetto e Marlo si siede, il cardinale invece fatica di più per spostarsi dalla sedia alla poltrona, poggia ambo le mani sulla scrivania sospirando affannato, anche l'andatura è lenta ma denota una calma priva di dolore o rammarico per il tempo fuggito. Ha visto abbastanza del mondo per esserne sazio: una guerra mondiale, il crollo del comunismo e un numero di papi superiore a quello che si aspettava di vedere. Si lascia cadere sulla poltrona lanciando due cartelline sul tavolinetto di legno che li separa, poggia i gomiti ai braccioli e giunge le mani davanti il viso, ha il naso leggermente aquilino e un'aria bonaria da prete di campagna. Effettivamente da novizio, sul finire della guerra, ha vissuto tra i boschi e combattuto tanto da ricordare ancora il primo soldato tedesco che falciò col suo mitra. Ricorda anche le lacrime che versò tutta la notte rannicchiato in un angolo dentro una grotta per quel sangue.

- Come stai?

La voce è calda e profonda, sembra quasi una carezza paterna.

- Bene.

Marlo ha le spalle larghe e il fisico allenato ma i polsi sono piccoli,segno che l'ossatura è piuttosto leggera. La fronte è ampia, ma percorsa da quattro profonde rughe d'espressione, ha grandi occhi verdi leggermente a mandorla con la mascella prominente a completare il quadro. È solido, somiglia a un piccolo elettrodomestico a incasso molto compatto, uno di quelli che compri una volta sola seguendoti fedele fino alla tomba. Non porta bracciali, anelli o orecchini, è la semplicità fatta persona. Solo una piccola cicatrice, sopra il sopracciglio sinistro e due bozzetti sulla fronte,sono la prova che deve averne prese tante e anche belle forti.

- Sai cosa sono?

Il cardinale indica le cartelline gialle sul tavolinetto, piega appena la testa in avanti sostenendo la fronte con una mano, mentre con l'altra picchietta sul bracciolo della poltrona.

- I rapporti sulla mia ultima missione immagino.

- Lo hai torturato.

Marlo scrolla le spalle con noncuranza, fa aderire la schiena al divano e allarga le braccia, il torace non è molto grande rispetto alle spalle.

- Dovevi solo eliminarlo, non torturarlo.

- Voi chiedete di pulire le strade e io pulisco, il come non vi riguarda.

Sorride, lo fa spesso, è una delle sue armi migliori insieme alla capacità di persuasione, ma questa volta non funziona.

- Sì, invece.

Il cardiale apre una cartellina prendendo tra le mani alcune foto e lastre.

- Gli hai rotto i polsi,ma prima hai pensato bene di spezzargli tutte le dita delle mani, ci sono segni di lacci molto stretti alle caviglie e alle braccia,quindi presumo fosse legato a una sedia. La morte è arrivata per asfissia, ma due grossi ematomi sulle ginocchia fanno supporre che fossi sopra le sue gambe mentre lo soffocavi, quindi lo stavi guardando negli occhi.

- Esatto.

Marlo sbadiglia, si stiracchia emettendo una sorta di miagolio, poi incrocia le gambe sul divano posando le mani sulle ginocchia.

- Questa non è giustizia.

Rossini trattiene a stento la rabbia, la voce trema e solleva un indice accusatore verso Marlo che invece sbuffa annoiato.

- Credi che io arrivi lì, faccia un lavoro pulito e me ne vada come uno scolaretto? Questi esseri fanno del male a bambini, donne, anziani indifesi, distruggono la vita degli altri e credi che dia loro una morte rapida e indolore? Li torturo, hai ragione, ogni volta in maniera diversa, in base al loro comportamento; sai perché era legato a una sedia? Perché l'ho obbligato a rivedere i video di bambini stuprati che aveva sul computer, pensando che forse avrebbe dato segni di pentimento, ma invece gli è venuto un bel cazzone duro!
Mima le dimensioni del fallo con le mani e il cardinale distoglie lo sguardo deglutendo.

- Già, un bel cazzone! Così ho capito che per lui non c'era speranza, nessuna, zero! E allora ho deciso che avrebbe sofferto, ma soprattutto che sarebbe morto sapendo di morire guardandomi negli occhi mentre lo faceva! Smettiamola di essere ipocriti, ok? Sono un assassino, uccido le persone. Per la legge non potrei, come voi non potreste chiedermi di farlo, ma lo fate. Infrangiamo la legge, ma ce ne fottiamo perché in base alla legge questi esseri passerebbero al massimo qualche anno in galera. Abbiamo accettato che ci siano persone che non agiscono secondo alcuna logica, con cui non si può trattare o ragionare, persone che desiderano solo il male, per questo le abbattiamo.
Il cardinale si passa una mano sulle labbra prendendo fiato.

- Cos'hai provato?

- Niente, non provo niente per questi esseri, sono bestie! E mi mandate da loro per eliminarli, ma sapete anche che per farlo serve qualcuno senza scrupoli e spietato, lo sapete. Quante volte ripensi ai tuoi morti in guerra? Perché sei buono, hai dovuto farlo, ma sei buono e ti pesano sulla coscienza mentre a me non frega un cazzo di niente.
Il cardinale si alza lento camminando fino a una libreria, afferra un

volume nero aprendolo piano e lo posa sul tavolo.

- Ti ricordi? Ricordi quando ti trovai?

Marlo alza gli occhi al cielo, si piega in avanti poggiando i gomiti sulle ginocchia e si passa una mano sulla testa rasata.

- Si, questa è la formula dell'esorcismo che hai iniziato su di me.

- Esatto, quanti anni sono passati?

- Una decina.

- Era in corso una guerra dentro di te, una lotta feroce tra il bene e il male.

- Quella lotta c'è in tutti gli esseri umani, nessuno è perfetto, la nostra natura è debole e non esiste persona che almeno una volta non abbia tradito, mentito o commesso qualche peccato.

- C'erano due persone dentro di te, una dolce, affettuosa e colta che amava cucinare, leggere, visitare mostre d'arte ed un'altra molto brutale, a tratti violenta che feriva le persone. Ricordo un Marlo lussurioso che usava il sesso come strumento di potere, che viveva la sua vita attraversandola come un rullo compressore.

- Esiste ancora e lo sai, se non ci fosse non potrei fare il mio lavoro e sono passionale si, è la mia natura. Dai cazzo, non cerchiamo gli angeli in terra ok? Se vuoi uno sguardo puro comprati un cane!

- La tua forza deve essere uno strumento al fianco dei deboli, ti ho visto arrivare con la macchina, - il cardinale sorride divertito. - Basta che un pedone poggi il piede sulle strisce e ti fermi, fai la raccolta differenziata, non hai vizi tranne il fumo e sei sempre educato con tutti.

- Sono un killer, non un criminale o uno zotico, se una persona è sulle strisce ha il diritto di attraversare e io il dovere di farglielo fare. Sarebbe strano il contrario non credi?

- Molti non lo fanno.

- Io si, sono una persona giusta, questo ti sfugge. Non esiste solo il buono o il cattivo, c'è la giustizia.

- So che sei una persona buona, so che sei una persona generosa e capisco che fai uno sporco lavoro, ma non capisco il tuo lato sadico.

Marlo sposta la polo lasciando nudo un lembo di spalla sul quale si trova un tatuaggio: due gufi, uno femminile e uno maschile.

- Ti ricordo la mia condizione, abbiamo fatto un patto ricordi? Noi due e qualcun altro, se proprio vogliamo essere chiari; quando mi hai trovato, ti serviva un contenitore dove infilare il tuo amico megalomane. Mi hai parlato di sacrificio, dolore, sofferenza e mille altre cose ma se ti dissi di sì, fu solo perché era giusto.

Il cardinale annuisce incupendosi.

- Non tutti gli esorcismi vanno a buon fine, ve ne sono completi, il solo modo di contenere il demone che hai dentro era quel tatuaggio.

- Ma è sempre dentro di me, lo sappiamo come sappiamo che se sono in grado di trovarli è perché è così; senza di lei non potrei sentirli, cacciarli ne eliminarli. Andiamo Ross, che cazzo! Non farmi la paternale ogni volta.

- Mi stai dicendo che ogni tanto devi nutrire il mostro che è in te?

Marlo sorride, non completamente, ma abbozza una smorfia simile a un sorriso.

- Ogni tanto devo tenerla a bada, qualche volta ci parlo e sento la sua voce, evitiamo di litigare anche se di fondo la tensione tra noi si sente. Vuoi che ti dica, che è eccitante? Che ti fa sentire potente? Si, lo è.

- Quello che ospiti è un demone molto raro, una femmina per giunta, ricordo la sua voce suadente e anche i suoi modi.

- Non farti ingannare da quelli, sono anni che ci combatto, conosco tutti i sui trucchi e i suoi punti deboli e, dammi retta, non è diversa da una donna reale.

- Come lei i tuoi.

- Si, siamo attratti l'uno dall'altra, ma sappiamo che possiamo farci del male, annientarci, cosi teniamo in piedi una tregua armata.

- Non durerà per sempre.

Marlo si alza allargando le braccia, fa l'occhiolino al cardinale e sbuffa.

- Un giorno mi strapperò via questo tatuaggio oppure lo cancellerò per sempre, quel giorno lei potrà uscire e saremo faccia a faccia, pronti a decidere cosa fare di questo legame.

- C'è molto di simile in voi, quando capii chi stavo affrontando, durante l'esorcismo, mi tremarono i polsi. Quando pronunciò il suo nome, ricordai tutto quanto lessi su di lei durante i miei studi, era una magnifico angelo, di uno splendore pari a quello di Lucifero.

- Ma una volta sulla terra decise di farsi donna, so tutta la storia: seduttrice, calcolatrice, opportunista, bugiarda e manipolatrice, forse si è fatto donna per questo. Sarebbe stato più facile essere tutto questo, non credi?

- Ambigua, dimentichi questo, ambigua!

Marlo arriccia le labbra e chiude i pugni.

- Sì, lo so, in lei c'è una traccia di ciò che fu prima di essere cacciata dal paradiso, un desiderio di essere buona, amata e di amare, ma c'è in tutti. Ti preoccupi troppo Ross: i demoni siamo noi e anche gli angeli, abbiamo inferno e paradiso dentro, tutti quanti.

- Dimmi la verità, le lasci campo libero?

- Qualche volta mi ha salvato la vita, alcune volte ho pensato che se le avessi dato ascolto le cose sarebbero andate meglio ma il problema è proprio questo, che le nostre nature sono simili. Lei è di certo un demone, ma se fossi stato al suo posto lo sarei stato anche io, a modo nostro siamo ambedue creature maledette che vorrebbero vivere nella luce ma sono eccitate dal richiamo dell'oscurità. È la natura umana no? Pensa alle fantasie erotiche, tutti scopano alla missionaria sognando di fottere come nei film porno, sapessero quanto è faticoso non farebbero nemmeno certi pensieri.

Il cardinale scuote la testa prendendosi la fronte tra le mani.

- Vorrei che andassi da una psicologa, non una qualsiasi, ma una di mia fiducia, molto addentrata nella nostra organizzazione.

- Non lo accetterebbe, hai una vaga idea di come reagirebbe se una psicologa si mettesse tra me e lei?

Marlo si tocca il petto con un dito indicando il cuore.

- Come va nel nuovo ufficio di copertura che ti abbiamo dato?

Finalmente il cardinale lo vede sorridere ed è un sorriso magnifico, luminoso.

- I due vecchi che mi avete messo addosso come balie, Alberto e Massimo, sono fantastici, mi hanno rimesso al mondo. Andare in ufficio per le scartoffie è qualcosa di esilarante, non saprei come fare senza di loro, grazie.

- Sono molto soddisfatti di te.

- Anche io di loro.

- E il resto?

- Sono single, la mia vita è molto tranquilla lo sai. Lavoro, addestramento e casa.

- Non hai molto tempo per le tue amicizie.

- Sai chi amo frequentare, situazioni che mi trasmettano serenità e stabilità, famiglie.

- Forse una donna potrebbe stabilizzarti, non credi?

- Certo, come no, dopo tutto sono solo un killer che lavora per un'agenzia segreta vaticana e va in giro ad ammazzare quelli che non possono essere redenti o esorcizzati, qualche volta una strega o un baron samedi ma raramente. Mi ci vedi tornare a cena in ritardo e fingere di non avere strangolato un pedofilo? E magari ricordarmi di comprare il latte strada facendo. Fantastico.

- Non hai perso il sarcasmo.

- Se lo perdessi mi resterebbe solo la canna del gas o della pistola.

- Vai a riposarti.

Il cardinale gli passa un bigliettino.

- La psicologa. Chiamala!

- A lei questo non piacerà.

- Provaci.

Marlo lascia l'ufficio mettendo il biglietto nel portafogli, scende la scale di marmo a passi rapidi e sale in macchina accendendo la radio.

- Se vuoi andare a parlare con la psicologa, fai pure.

La voce è tagliente come un coltello, sistema lo specchietto e vede i suoi occhi verdi riflessi nel vetro.

- Non ci andrò, lo sai.

- Per me non c'è problema.

- Ti conosco, quando usi quel tono e dici così sei già sul piede di guerra, non ci andrò. Stai tranquilla.

- Sono sempre tranquilla, non puoi farmi più niente, lo sai.

- Perché non ti rilassi? Perché devi sempre provocarmi e essere ostile?

- Ti vuoi togliere il tatuaggio? Fai pure, per me non è importante.

- Lo so, ne hai uno per ogni patto che hai firmato con qualcuno, ma per me è l'unico, non so se lo toglierò, ma quando succederà te ne accorgerai; non posso rimanere legato a te per sempre.

- Forse dovresti dire al prete che quel tatuaggio non serve a tenermi a bada, ma a tenermi con te.

- Sappiamo bene entrambi che non sei con me.

- Perché non mi hai voluta, ricordatelo.

- Lo so, ma ti sono grato per il fatto che rispondi sempre ai miei appelli.

La tensione si stempera leggermente.

- Stai attento, non potrò proteggerti per sempre, non sono il tuo angelo custode: sono il tuo demone.

- Considerato il lavoro fatto dal mio angelo, se lo paragono al tuo, direi che scelgo te tutta la vita.

- Sei un idiota. Devo andare; come sai ho altro per le mani adesso.

- Non cominciare a vantarti delle tue conquiste, di chi ti implora per strappargli l'anima o dei posti magnifici che frequenti: quando ostenti la tua forza denoti insicurezza.

- Salutami la tua nuova puttana, spero t'innamorerai cosi smetterai di pensarmi.

La fissa nello specchietto mentre infila una sigaretta in bocca con aria tranquilla, l'accende con nonchalance tirando due o tre boccate, quanto basta perché il fumo riempia l'abitacolo.

- Sai bene che è molto difficile farmi innamorare, succede di rado e non credo sarà lei quella che ce la farà.

- Non mi riguarda, ci sentiamo.

- Ti odio.

- Non è vero, lo sai.

- E tu? Mi odi?

- Non provarci Marlo, ho preso una decisione.

- Un giorno forse scriverò un libro su di te.

- Sarà ovvio e banale.

- Dipende, se ti girerà bene sarai diplomatica, se ti girerà male userai quel tuo tono arrogante condito da una vago disprezzo e senso di superiorità, come fai quando vuoi ferire qualcuno. Metterai su qualche frecciatina o una domanda con un debole punto interrogativo alla fine; se invece ti servirà qualcosa, ti travestirai da pecora, ma sarà temporaneo.

- Si, ti odio.

Quando il primo refolo di fumo scivola fuori dal finestrino è svanita, Marlo può accendere la radio, alzare il volume al massimo e andare in palestra.

Quel demone la sa lunga su di lui, ma lo stesso vale per lei, in fondo, nonostante il male che si sono fatti e tutte le porcate che si sono combinati, che ancora parlino è una gran cosa. Spesso deve contenerla, tende a provocarlo e cerca di ferirlo, ma in fondo non ci mette nemmeno cattiveria. Non si fidano l'uno dell'altra ed è anche normale; i simili si accoppiano, si scontrano oppure vivono in un limbo che dura finché può. Un demone geloso per giunta, l'amore manca da quel dì nella vita di Marlo ma non manca a lui, dopo di lei altri demoni sono entrati nella sua vita, ma per lo più erano povere diavole senza speranza. Persone fatte di mille promesse ma di nessuna azione, persone eliminate che di loro non hanno lasciato niente. Guarda l'orologio, si sta facendo tardi e il tempo non dà tempo, è ora di andare.

Siamo tutti impostori in questa vita, facciamo tutti finta di essere quello che non siamo, Marlo lo sa, ha imparato a non fidarsi di nessuno e a non credere alle promesse, soprattutto quelle fatte a letto o quando si è innamorati. Ha incontrato molte persone nella sua vita, molte sono come antichi palazzi abbandonati, hanno facciate pompose, ma dentro sono pieni di stanze vuote. È diffidente di natura e la sola cosa che si aspetta dal prossimo è il tradimento o l'opportunismo, esistono eccezioni ma sono estremamente rare.

All'università ha imparato che esistono le alleanze a geometria variabile, ovvero persone che per un vantaggio del momento sono empatiche ma poi il giorno dopo svaniscono come nulla. La maggior parte degli esseri umani sono creature meschine con una morale labile e lavabile, pronte a indignarsi per uno scandalo, una raccomandazione o una mazzetta, solo fin quando non riguarda loro. Tutto si muove per interesse, la verità è questa. Uno dei momenti che preferisce è l'arrivo in ufficio, veramente più che un ufficio è una piccola stanza che ospita tre scrivanie all'interno di un complesso più ampio in centro.

Niente di lussuoso, arredamento antiquato composto da due armadietti in ferro grigio scuro, un estintore a polvere e un condizionatore che non condiziona. È il primo ad arrivare, cosi apre le finestre per far cambiare aria dopo di che le richiude e accende il non-condizionatore, controlla la posta in entrata, sistema gli archivi e aspetta che arrivi Massimo.

Il primo dei suoi colleghi ha cinquantadue anni, capelli rossicci e occhi azzurri, soffre di BPCO, è diabetico e fuma come un turco. Quando va sul balcone impugnando la sigaretta sembra uno di quei vecchi sceriffi dei film western di una volta, lo sguardo che si perde nell'orizzonte, il baffo anni settanta e le gambe leggermente arcuate come se avesse passato tutta la vita a cavallo. Non è sposato e non ha figli, vive col cane Mozart in un palazzo in periferia, in teoria dovrebbero occuparsi dell'amministrazione dei beni dell'agenzia ma in verità è solo una copertura.

Alle sette arriva Alberto, un gigante di quasi due metri dall'aria bonaria, ha due figli di cui uno disabile ed è la quinta essenza della pazienza. Ha il sorriso che sa di pane caldo appena sfornato.

La mattinata passa tra telefonate con i fornitori, il ritiro della posta, la ricezione di fax delle varie opere pie sparse per il mondo e diverse partite a solitario. Da quando è stato assegnato a loro Marlo è rinato, non ha mai conosciuto un ambiente così sereno come quello, in loro compagnia le risate non mancano mai, il tempo passa respirando goliardia e ilarità. Si parla di tutto ma soprattutto di donne, data la natura di single di ferro di Marlo e Massimo. Sono le dieci e mezza quando, alla fine della terza partita di fila a Spider, escono sul terrazzo per prendere una boccata di tabacco.

- Hai deciso di rinunciare al tuo sogno?.

Marlo solleva un sopracciglio dubbioso mentre butta fuori il fumo dalla bocca.

- Quale?

L'infermiere.

- Qua non c'è niente come infermiere, o conosci o rimani a spasso.

- E i concorsi?

- Ne farò altri due, poi vedrò il da farsi.

Colpisce piano il filtro facendo cadere la cenere nel vuoto, la polvere grigia sparisce in un refolo di vento, come se fosse un cattivo auspicio. Guarda le nuvole pensando che in fondo sono come i sogni che passano nella nostra mente lunga tutta una vita. Ognuna di loro ha una forma diversa, una dimensione tutta sua e nessuna sarà mai uguale all'altra. Max tossisce, non si capisce se è per la BPCO o per rompere il silenzio.

- Puoi sempre andare all'estero come avevi detto.

Marlo sospira come se dovesse sollevare un peso enorme.

- Una volta ero assolutamente certo di voler partire, poi tutto è cambiato, adesso la cosa non mi attira per niente, anzi la vedo quasi come una punizione.

- Potrebbe essere un'occasione, ma un'infermiera? Potresti uscire con una di loro e farti dare una mano?

Marlo ride di cuore, istintivamente si tocca il naso, un gesto involontario che denota nervosismo.

- Lascia perdere le infermiere, se aprissi un sito per incontri scopriresti che il novanta per cento sono loro, sai perché?

- Perché?

Guadagnano troppo, lavorano poco e hanno una quantità eccessiva di tempo libero. Una donna annoiata è pericolosa, considerato poi quanta gente ci prova con loro le corna sono assicurate,ma questo vale un po' per tutte, è uno dei motivi per cui non mi fidanzo mai. Finché sono single i cornuti sono gli altri, il momento in cui dovessi legarmi toccherebbe a me.

- Non puoi esserne sicuro.

- Il peso delle corna è il più leggero che ci sia, le vedono tutti ma chi le porta non le sente.

Le sigarette sono finite, è ora di rientrare, ma quando varcano la soglia un fremito, quasi doloroso, pizzica Marlo alla base del collo.

- Vado in bagno.

Lascia l'ufficio diretto verso i sanitari, quando chiude la porta si mette davanti lo specchio e la vede riflessa.

- Guadagnano troppo e lavorano poco?

- Che cosa posso fare per te?

- Ho un lavoro da farti sbrigare.

Un foglietto piegato in quattro cade nel lavandino.

- Un mio collega mi dà delle noie, si è infilato dentro una maestrina di un nido, bionda, occhi verdi, tatuata, ex anoressica e in cura da uno psicologo. Potrebbe piacerti, magari scopatela è il tuo tipo.

Marlo sorride, sulle guance coperte da barba ispida s'intravedono due piccole fossette, finché qualcuno lo provoca sa che c'è un interesse e la cosa, in fondo, lo diverte molto.

- Posso farti due domande?

- Se proprio devi.

- Quante corna gli hai messo già? E con quante gente intrallazzi o flirti? Perché a te piace essere adorata, ma dura poco: t'innamori dell'amore, ma ami solo te stessa e poi la giostra ricomincia, non sai nemmeno cosa sia la fedeltà per quanto sei vanitosa. Quando sei fedele lo fai solo perché devi umiliare qualcuno o recitare la parte di cui ti convinci ma poi, alla fine, ti piace essere desiderata e scopare, tradire. Ti dà quel senso di onnipotenza, dimmi la verità... avverti mai quel brivido nel sentirti cosi furba? Ti ricordi quando ti vantavi del tuo amore e di quanto fossi amata? Ti sei mai chiesta quanto ti abbia amato io per essere rimasto qui per te e cercare di riaverti?

- Va a farti fottere, non mi avrai mai.

- Un'ultima cosa, ora che a tempo indeterminato rimarrai a vivere in quel buco di culo, diventerai la regina del paese?
La figura comincia a svanire in una luce rosso fuoco, ma prima che scompaia del tutto Marlo ha il tempo di lanciare un'altra freccia.

- Salutami la tua amica, la lesbica repressa che ti scoperebbe, lo sai che ti ama vero? Dovresti provarci, magari oltre a piacere potrebbe essere quello di cui hai bisogno!
Lei sparisce e l'ultima cosa che può vedere sono i suoi occhi fiammeggianti, gliela farà pagare, lo sa, ma in quel momento non gli interessa, normalmente ignora le sue battute o le domande riguardo la sua vita privata ma oggi non ha voglia di recitare la parte del buono. Oggi voleva ricordarle che anche lui ha artigli per ferire, occhi per vedere e un sesto senso per le cose. Prende il foglietto nel lavandino aprendolo, c'è il nome con l'indirizzo, prima di provvedere dovrà studiarla e questo richiede tempo, meglio mettersi subito al lavoro. A parte le stronzate che dicono c'è un lavoro da fare e non

vuole deluderla, quando sarà portato a termine sarà soddisfatta,cosi il clima tornerà sereno, magari potranno anche essere meno stronzi la prossima volta. Il loro non è mai un vero addio, un vero addio lo hai dentro, puoi anche sentirti o prendere un caffè ma non è la stessa cosa, con un vero addio una persona la saluti per l'ultima volta, mentre loro, a turno, si lanciano sempre dei segnali.

Julia è appena arrivata, il viaggio da Berlino è stato un calvario, è partita zaino in spalla con le tele piegate dentro e ha prenotato un volo diretto, ma era solo una copertura. Una volta in aeroporto ha preso il treno per il centro e da lì un secondo convoglio interregionale fino a Nantes da dove si è servita per un tratto di un bus.

Ha paura, una paura profonda che non ha nulla a che vedere con la razionalità o fatti oggettivi, ma da quando ha cominciato a dipingere quei quadri è come se fosse osservata e seguita. Anche in pieno giorno ha preso a evitare strade isolate, vicoli o zone d'ombra, proprio l'ombra la spaventa maggiormente, non tanto quella della notte, dove si sente relativamente al sicuro, ma quella che si crea di giorno.

È stanca e ha caldo, porta dei pantaloncini corti jeans, una maglietta bianca e ha i capelli legati sopra la testa, avrebbe dovuto rasarli prima di partire ma ha fatto tutto di fretta. Vorrebbe una birra gelata ma deve rimanere lucida il più possibile, consulta la mappa della città, è dannatamente enorme e caotica. Si guarda in giro spaesata in quel brulicare di dialetti, lingue e colori, si sono persone di tutte le razze vestite nei modi più disparati. Il posto che sta cercando è vicino all'Eur ma non sa esattamente in quale punto, lascia l'area dove si trovano i treni per scendere al piano sottostante dove sono ubicate le metropolitane, le interessa la linea B. C'è calca, la metropolitana non passa da un po', le persone sono strette le une alle altre e il caldo è soffocante. Roma è stanca, riposa sugli allori della sua storia schiava del suo passato, una donna ancora bella che ha avuto molti padroni ma quasi nessuno che l'amasse.

Julia è esile, odia il caldo e suda a profusione, scappa in superficie cercando qualche autobus che la porti a destinazione; possibile che la capitale sia ridotta così? Ha bisogno di bere, acqua magari, una limonata, anche solo una fottuta Coca-cola!

Si avvicina a un camion-bar, ma le chiede quattro euro per una bottiglietta d'acqua, una cosa da pazzi, quasi manda a fanculo il venditore e a trattenerla è solo la consapevolezza che si tratta di un pachistano sfruttato. Attraversa la strada cercando un bar ma non si rende conto che è rosso e quasi finisce sotto una macchina, è questione di un attimo, la vede quando il paraurti sta per urtarla e fa un balzo laterale che le fa guadagnare venti centimetri, giusto lo spazio che serve al veicolo per fermarsi. Poggia istintivamente le mani sul cofano ansimante chiudendo gli occhi quando sente una mano sulla spalla.

- Come ti senti ragazzina?

Alza la testa sorridente, ma quando vede quel viso sente il sangue defluire dalla testa, si allontana di un passo con quell'uomo che la guarda stupito.

- Ti senti bene?

Vorrebbe parlare ma non ci riesce, fa un altro passo indietro e, proprio in quell'istante, lo sconosciuto l'afferra per le braccia tirandola a sé mentre un motorino le sfreccia dietro maledicendola. Ha la testa sul suo petto, riesce a sentirgli il cuore battere.

- Se hai deciso di morire ci sono modi meno dolorosi e più efficaci.

La sua pelle ha un profumo particolare, dolce e delicato, Julia sfiora le sue braccia trovandola morbida e vellutata.

- Ragazzina, sei drogata?

Lo sconosciuto la spinge di un centimetro lontano da sé, la scruta con occhi indagatori, sente la sua mano prenderle il polso.

- Hai la tachicardia, tira fuori la lingua.

Lo fa istintivamente, il tono è fermo ma rassicurante.

- Sei disidratata, sali in macchina, dannazione. Stiamo bloccando il traffico!

Obbedisce, cosa strana perché non è nel suo carattere; la macchina è una monovolume piuttosto malmessa e anche sporca, ci sono ovunque bottiglie di plastica vuote, pacchetti di sigarette e polvere. Stona con quel tipo curato che le sta di fianco guidando, imboccano una stradina fermandosi al fresco.

- Aspetta qui e cerca di non rubarmi questo cesso, ci sono affezionato.

Julia abbassa il finestrino, poco dopo lo vede tornare con una busta e due bottigliette.

- Pesca o limone?

Vorrebbe dire limone ma è troppo stanca, fa caldo, e si sente venire meno.

- Ragazzina?

È l'ultima parola che sente, poi chiude gli occhi accasciandosi sul sedile, quando rinviene è su una barella in pronto soccorso con una flebo nel braccio e del ghiaccio in testa. C'è odore di disinfettante, rumore di macchinari, divise bianche che si inseguono tra persone che chiedono aiuto e altre che sbuffano annoiate chiedendosi cosa ci fanno in quel posto. Vorrebbe alzarsi, ma un'infermiera la rimette giù lentamente, ha sempre odiato gli ospedali, sin da bambina.

- Stai per uscire ma devi riprenderti, faccio entrare il tuo amico.

La porta si apre ed è ancora lui, ha il suo zaino in mano e lo posa vicino la barella.

- Hai un posto dove dormire?

- No.

Puoi stare da me, ma questa notte non ci sarò, ho visto che sei italiana, veneta, ti avevo preso per straniera.

- No, sono di Venezia.

- Cosa ci fai a Roma?

- Ero qui per te.

Non sembra scomporsi anzi, annuisce. Ha l'aria imbronciata e la mandibola contratta, evita di guardarla negli occhi, come se non volesse alcun tipo di contatto.

- Ho visto le tele, su una ci sono io, dovrai spiegarmi molto cose, ma lo farai dopo esserti riposata per bene.

Julia aggrotta la fronte, solleva le sopracciglia chiare scuotendo appena la testa.

- Non sei stupito di come ci siamo incontrati? Non ti sembra strano?

- Più strano di un quadro dipinto da una sconosciuta che raffigura la mia morte? No, anzi direi che ha senso.

- Senso?

- Quanti anni hai, ragazzina?

- Ventisei.

- Lasciati dire una cosa da uno che ne ha dieci più di te e comincia ad avere la barba bianca: certe volte il treno sbagliato ti porta nella destinazione giusta, oggi è andata così.

Lo sconosciuto si volta per uscire, ma Julia gli prende il polso fermandolo.

- Dove vai?

- Qua fuori, non ti mollo tranquilla, quando ti dimetteranno mi troverai ad aspettarti e ti porterò a casa mia; là sarai al sicuro.

- Sai che sono in pericolo?

- Ovvio che lo sei, non penserai mica che nessuno abbia percepito il tuo talento e la tua esistenza, dall'altra parte.

Julia scuote la testa portando una mano leggera alla tempia.

- Non so di cosa parli.

- Per prima cosa impara il mio nome: Marlo.

- Marlo.

- Esatto.

Le prende il viso tra le mani fissandola coi grandi occhi verdi, ha le ciglia più lunghe di una donna.

- E secondo, stai tranquilla: sarò qua fuori, vado in macchina a prendere delle cose e torno.

Si lascia alle spalle Julia, esce dal pronto soccorso e accende una sigaretta, sale in auto e la vede nello specchietto retrovisore.

- Ti ho dato un compito da eseguire, invece tu raccogli una vagabonda per strada. Ti sono piaciuti i suoi occhi azzurri?

- Sai che non capisco la ragione della tua aggressività? Non trovi che sia ridicolo attaccarmi così ogni volta? Non riesci a non pensare male o a non associarmi al sesso con un'altra donna?

- Puoi scopare chi ti pare, ho la mia vita che è meravigliosa e dove c'è tutto quello che hai sempre desiderato, compreso un uomo perfetto; che non me ne frega un cazzo te l'ho mai detto? Hai una missione da compiere!

- Se chiudessi la bocca e la smettessi di lanciare accuse a cazzo e frecciatine, ti direi che quella ragazzina ha dei quadri nella borsa: raffigurano omicidi e una delle vittime sono io!

- Di che stai parlando?

- Oh, ma guarda! Sua stronzaggine cambia tono, ora!

- Di cosa si tratta?

Si, ha cambiato tono: adesso non è aggressiva, ma calma; anche i suoi occhi sono cambiati, più pacati.

- Non so di cosa si tratta, te l'ho detto, ora è sotto osservazione.

- Hai notato altro sui quadri?

- Sono numerati e c'è una firma, ma non è il suo nome.

- Sei riuscito a capirlo?

- No, ma le chiederò conto.

- La porti da te?

- Si, la chiuderò dentro poi andrò a fare quel lavoro.

- Stai attento.

Prima che svanisca sente una carezza sulla guancia, come non gli succedeva da molto tempo.

Capitolo II

Davanti noi stessi siamo tutti immortali e lo saremo sempre, possiamo sapere che stiamo morendo ma non sapremo mai di essere morti, eppure la morte non è la più grande perdita in cui ci si possa imbattere nella vita. La perdita maggiore non è morire ma lasciare che muoia quello che c'è dentro di noi mentre viviamo e Marlo lo sa fin troppo bene. Non ha avuto il tempo di pianificare la caccia alla sua preda, Julia gli ha portato via molto tempo e la cosa lo rende nervoso. Ha bisogno che tutto sia fatto come deve, ne va della riuscita della caccia.

Normalmente spenderebbe almeno quindici giorni in appostamenti e pedinamenti ma i quadri della ragazzina non possono aspettare, soprattutto se c'è di mezzo qualcuno che vuole eliminarlo.

Ha imparato l'arte della pazienza con gli scacchi, adesso sa che non tutte le partite possono essere vinte in tre mosse, alle volte servono mesi e colpi incassati sorridendo.

Ha studiato il quartiere dove vive la preda con delle immagini satellitari, sulla mappa ha cerchiato banche, gioiellerie e supermercati, tutti esercizi che hanno telecamere esterne che inquadrano la strada. Poco distante dall'obiettivo c'è una fermata della stazione con un ampio parcheggio non illuminato, ha sistemato la macchina tra due camion dal lato della ferrovia.

Non ha valutato le abitudini dei residenti, ma da una spulciata ai dati delle ASL e dell'anagrafe si è reso conto che sono per lo più anziani, per agire ha quindi scelto l'ora in cui la maggior parte di loro è a letto.

Guarda il timer sul cellulare, mancano alcuni minuti, può prepararsi mentalmente ascoltando della musica, scorre la playlist: è indeciso tra Joan Osborne con *One of us*, *Dancing in the Moonlight* dei Toploader e George Harisson con *Got my mind sent on you*.

Sa bene che gli obiettivi che gli passa il suo demone sono rivali da togliere da mezzo, non lo fa ne per aiutare quella donna o togliere della feccia dalla strada, la sola cosa che gli interessa è fare fuori qualcuno che la ostacola.

La cosa non lo turba, è la storia di tutti, cambiano solo gli alibi che ci diamo per fare qualcosa che, nell'intimo, sappiamo essere negativa. La colpa è il solo fardello che nessuno vuole portare da solo, anche quando fa qualcosa di sbagliato.

La canzone è finita, è ora di agire e di cambiare musica, infila le cuffiette e fa partire "The Launch", di D.J. Jean.

Scende dalla macchina, è completamente vestito di nero, sa già dove si trova la centralina che regola la tensione nella zona, non gli serve farla saltare, vuole solo creare degli sbalzi. Ha calcolato tutto meticolosamente, le luci si spegneranno per cinque minuti a intervalli di due, giusto il tempo di coprire la distanza dalla macchina al palazzo dove abita l'obiettivo. Attacca alla centralina un piccolo apparecchio che emetterà delle onde elettromagnetiche che la manderanno in fibrillazione. Ormai la tecnologia fa miracoli e il fatto di aver riempito tutto di schede elettroniche rende le cose semplici. Cinque secondi, i lampioni si spengono, Marlo scatta correndo sulle punte, arriva all'ingresso del garage condominiale, anch'esso automatico, preme il pulsante di un telecomando che interrompe il segnale del circuito del cancello aprendolo, ora è dentro. Tutto fila liscio ma ha il fiatone, si appoggia al muro tra due macchine respirando velocemente.

- Cazzo, sto diventando vecchio per queste cose.

Si guarda riflesso nello specchietto di un grosso Suv bianco passandosi la mano sul mento.

- Aumentato ancora.

Si riferisce ai piccoli ciuffi di barba bianca.

- Fanculo.

Guarda il timer, è nei tempi, adesso deve solo aspettare il calo di tensione successivo che lasci al buio il palazzo. Ha studiato il profilo Facebook dell'obiettivo e i punti di acceso, in questo modo sa indicativamente quando inserisce l'ultimo post della giornata e da dove. Avrebbe voluto hackerare il suo WhatsApp ma è di fretta, la sua vita sta prendendo una piega che non gli piace.

Controlla il social network, l'obiettivo posta il pensierino della sera quando si trova agganciata a una cella che dista cinque minuti esatti da lì. Ha il tempo di un'altra canzone, Charlie Put non è male con la sua "One Calla Away" ma è troppo da sfigato, alla fine la spunta "Runaway"degli Urban Stranger, due ragazzini usciti da un talent show ma il testo è decente e il ritmo incazzato.

- La gente non cambia. Si rivela.

Come dargli torto? Chi è l'ultima che gli aveva giurato amore eterno, che diceva di volerlo sposare e di voler fare squadra con lui? Ah sì, quella che per campare fa la puttana o, come si dice oggi, la escort. Marlo non odia nessuno, è un tipo sportivo, ne ha viste tante che nemmeno si stupisce più di niente. Per abitudine esce dalla vita delle persone in punta di piedi, non fa scenate e non porta rancore, ma non dimentica. Non dimentica mai. E prima o poi tornano tutte, normalmente solo per scopare perché, a quanto pare, a letto almeno non se la cava male. La puttana l'ultima volta parlava di amore, di una famiglia, di lavorare insieme ma poi, salita sull'aereo, nel giro di ventiquattro ore ha cambiato di nuovo idea. Marlo non capirà mai perché prima lo amino alla follia e poi finiscano per odiarlo ma non smettano, di tanto in tanto, di farsi sentire. Le donne sono strane, come la pugliese: lo ha cercato perché voleva visitare Roma, ha chiesto una camera singola storcendo la bocca quando gli ha proposto quella doppia e, appena arrivata però avrebbe cambiato lei stessa la prenotazione, per "divertirci questa notte". Ma alla fine, se ci parli, si sentono tutte sante, valle a capire.

Il cancello si apre, la Yaris blu notte entra, l'auto gli sfila davanti senza che sia visto, l'obiettivo parcheggia nel suo posto e esce dal veicolo dirigendosi all'uscita quando la luce va via. In quel momento Marlo scatta circondandole il collo con un braccio mentre le infila un ago nella spalla iniettandole un sedativo, l'obiettivo cerca di resistere e ha le spalle larghe per essere una donna.

Ha una discreta forza fisica, ma il farmaco fa presto effetto.

Non deve svenire,ma solo sembrare ubriaca, tutto è stato pianificato ma non può correre il rischio di essere visto da qualcuno con un peso morto a tracolla. Sale le scale al buio, entra in casa cercando la camera da letto dove lascia cadere l'obiettivo sul materasso.

Ha quindici minuti prima che l'effetto cali, dieci saranno sufficienti per ispezionare la casa, stacca la rete telefonica; le porta via il cellulare dalla borsetta.

L'appartamento è piccolo, piuttosto pulito ma non troppo ordinato, controlla tra i Dvd se c'è qualcosa da nascondere, ma sono solo film di ogni genere, alcuni dei cult, molti di Tarantino.

Passa alla libreria, poca roba, qualcosa di Murakami ma per lo più testi di pedagogia, sociologia e psicologia.

Tocca alla cucina, apre il frigorifero ma trova solo cibo spazzatura, per essere una ex-anoressica si sfonda parecchio; una vaschetta di polistirolo attira la sua attenzione così allunga il braccio e la prende, quando la apre rimane sconcertato... è piena di provette di sangue! Hanno tutte la targhetta con il nome e l'età, sono bambini.

In quel momento la bestia si sveglia, quella che tiene a freno dentro di lui, sente il brivido freddo corrergli lungo la colonna vertebrale, un gelo che si spande nel corpo facendogli tremare le mani prima che una vampata di calore esploda nel petto. Chiude la porta del frigorifero posando le provette sul tavolo, esce dalla cucina mentre la luce cala ancora e in quel momento vede la sagoma dell'obiettivo lanciarglisi contro. Non era previsto, in teoria doveva disporre ancora di cinque minuti ma qualcosa deve essere andato storto.

Quando riceve il primo colpo alla bocca, si maledice per non aver valutato il quadro clinico dell'obiettivo: se assume farmaci antidepressivi, antinfiammatori o droghe potrebbero aver rallentato l'assorbimento del sedativo. Il cazzotto è forte, le nocche urtano contro le labbra di Marlo ma non cede, sposta una gamba indietro poggiandoci il peso, piega appena il ginocchio d'appoggio inclinando le spalle diagonalmente verso il pavimento e fa partire un gancio verso le costole dell'obiettivo.

Sente un secondo colpo andare a vuoto, gli passa appena sopra la testa mentre il suo pugno s'infrange sul corpo dell'obiettivo. Essendo una ex anoressica il tessuto muscolare non deve essere troppo, come previsto l'urto scuote per bene gli organi interni. Ha scaricato su di lei almeno ottanta chili, la vede cadere col culo sul pavimento, nell'istante in cui la luce torna capisce che non sta combattendo contro l'obiettivo ma contro il demone che la possiede e allora non ha più remore, il secondo colpo è un diretto destro a scendere che la centra nel mezzo della fronte. Il passo successivo è afferrarla per il collo sollevandola di peso, vorrebbe farle sbattere la testa al muro ma potrebbe attirare l'attenzione cosi la mette a faccia in giù ammanettandola dietro la schiena, le chiude la bocca con del nastro adesivo trascinandola per i piedi in salone. Odia quella parte del lavoro perché lo fa sentire un serial killer o comunque un depravato di quelli che si vede in televisione ma è cosi che funziona. La mette seduta legandole le caviglie e assicurando le spalle allo schienale, si ferma a fissarla in quella posizione, chissà cosa penserebbe Julia se lo vedesse in quel momento. O cosa penserebbe sua madre o i suoi selezionati amici. Scuote la testa, va fatto, è il suo segreto. Dalle donne ha imparato a dire molto ma dicendo sempre solo la metà di quello che si deve sapere. La metà che basta per non essere giudicate o mettersi in cattiva luce. È ora di mettersi all'opera, la corrente presto sarà stabile, troppi cali farebbero accorrere i tecnici e il suo giocattolo non sarebbe al sicuro. Prende le provette di sangue in cucina, si siede davanti all'obiettivo e le pone in bella vista tra di loro. Le assesta uno schiaffone abbastanza forte da svegliarla, gli occhi verdi di lei lo fissano terrorizzati.

    - Ascoltami, capisco che hai paura e fai bene, quando me ne andrò da qui ci saranno solo due possibilità: colpevole o innocente. Prende una sigaretta accendendola, mette sul tavolo un posacenere di plastica che ha sempre con se perché odia ciccare per terra e lasciare in giro filtri col suo DNA.

- Se sei innocente farò in modo che tutto questo sia il più possibile un brutto ricordo, ma se sei colpevole sarai morta; ora fai solo un cenno per il sì e due per il no, hai capito?

Un cenno.

- Ottimo, da quanto senti di avere qualcosa di cattivo dentro?

Lei lo guarda stupita.

- So bene come ti senti, certe volte vuoi ferire le persone, fargli del male, tradirle solo per il gusto di farlo. Di dimostrare di poterlo fare, di essere più forte, furba o chissà cosa. Dopo ti senti in colpa, ti chiedi come possa esserne stata capace. Esatto?

L'obiettivo piange, alcune lacrime le solcano il volto.

- Non attaccano, né le lacrime né gli occhi dolci. Ora ti toccherò la fronte con una croce, non che ci creda o meglio non credo in quello che ci dicono su queste cose ma funziona. È un mistero anche per me ma non m'interessa risolverlo, a me basta che sia efficace e lo è. Se rimarrai ustionata saprò che menti, se soffrirai e basta cadrai in trance e me la vedrò con lo stronzo dentro di te perché, se non lo avessi capito, sei posseduta.

L'obiettivo ha gli occhi sbarrati e la pupilla dilatata.

- Sì, lo so, ti sembro un pazzo e tutte cazzate... ne riparleremo un giorno. Forse.

Appoggia la piccola croce nera sulla fronte della ragazza che si agita e soffre, ma non c'è ustione, come previsto sviene e quando riapre gli occhi non è lei, le libera la bocca perché possa parlare.

- Ciao stronzo.

Marlo sorride agli occhi gialli del demone.

- Sei il bastardo?

- Non è un soprannome originale, sai? Allora coglionazzo, che si dice là dentro? Ti piace vincere facile?

Il demone sorride deformando il viso dell'obiettivo.

- Vai a farti fottere.

Marlo solleva un sopracciglio annuendo, ha quattro rughe

d'espressione sulla fronte che sembrano disegnate e messe li di proposito. Le orecchie sono un po' a sventola, il naso leggermente aquilino ma gli occhi sono grandi e profondi. Aspira una lunga boccata di fumo prima di rispondere.

- Effettivamente non scopo da un po' di tempo: due settimane, da quando ho scaricato una pasticcera in discreto sovrappeso che voleva accollarsi... sai come sono le donne, no? Prima ti amano, poi ti odiano, poi ti riamano, poi saltano sul cazzo di un altro e finisce tutto, puoi anche morire.

- Potresti scoparti me, ti sei mai scopato una posseduta?
Si passa una lingua maliziosa sulle labbra, l'obiettivo ha delle tette enormi e Marlo non ne vede da tempo, ma il lavoro è lavoro.

- Ho fatto di meglio; a parte questo, sai che devo distruggerti, vero?
Il demone irrigidisce il collo dell'ospite, come fosse stupito.

- Senti, stronzo, te la faccio semplice: non sono un prete e i miei non sono esorcismi, so che sei fatto di energia che vibra a una certa frequenza, quindi posso farti esplodere in miliardi di atomi del cazzo. Non è proprio la morte, ma per voi ci somiglia, ti piace l'idea?
Prova a dimenarsi: vorrebbe lasciare il corpo, ma non ci riesce.

- Non puoi andartene, se fosse cosi semplice mi avresti già fatto fuori. Adesso sai chi sono?

- Il demonio!

- Ma grazie, detto da te è un complimento.

- Sei il custode di Uriel. Dovevi essere solo una leggenda.

- E invece esisto! Evviva!
Marlo fa il segno della vittoria con le dita di ambo le mani e batte i piedi sul pavimento, il sarcasmo è una delle poche doti che lo rendono fiero di se stesso, ma il demone sembra quasi felice.

- Sei condannato.
Marlo scuote la testa scettico.

- Dici?

- Si, con noi puoi fare patti, ma non con gli angeli.

- Infatti l'ho fregato: non ci ho fatto un patto, lo tengo qua dentro buono buono.

Si tocca il centro del petto, dove si trova il cuore.

- Ora che ci siamo presentati sai che non hai speranze, facciamo presto e sarà poco doloroso, fammi perdere tempo e sarà divertente.

Gli fa l'occhiolino.

- Il sangue dei bambini... a cosa serve e a chi serve?

- Va a farti fottere.

- Me lo hai già detto, ma se continui a farmi perdere tempo non troverò nemmeno una puttana per strada. Alle due vanno via e quelle a domicilio sono troppo care... ero fidanzato con una escort, ma è una storia vecchia.

- Non saprai niente da me e per distruggermi dovrai fare del male a lei!

Marlo si gratta distrattamente lo zigomo.

- Voglio dirti un segreto, - Abbassa la voce avvicinando la bocca all'orecchio della donna posseduta. - Non me ne frega un cazzo, può anche morire per me, lo capisci? Non sono buono, sono un pezzo di merda senza scrupoli, un bastardo senza cuore! Non hai idea di quanta merda io abbia mangiato, di quante volte mi abbiano tradito o mi sia ritrovato solo, quindi non pensare che mi possa commuovere!

Marlo si alza e posiziona tre piccoli apparecchi intorno all'ospite, formando un triangolo con lui al centro.

- Sai cosa sto facendo, vero? Creo un campo che ti circondi; la frequenza aumenterà progressivamente fino a quando non andrai in frantumi, anche lei avrà dei danni, ma non importa. So appena come si chiama, per me fa solo parte del lavoro: capisci da te che sono un professionista.

- Non ti dirò niente lo stesso.

- Soffrirai.

- Ne sarà valsa la pena.

- Come vuoi…

Marlo attiva gli apparecchi, l'orecchio umano non è in grado di sentire quella frequenza e il campo per fortuna è strutturato in maniera che tutta l'energia sia proiettata verso il centro, altrimenti anche lui avrebbe dei danni. Più le vibrazioni aumentano, più il corpo dell'obiettivo vibra, passano alcuni secondi e gli occhi girano su se stessi, il demone cerca di resistere, perché finché è all'interno del corpo ospite, la materia gli fa da scudo, ma insieme a questo c'è uno spiacevole effetto diapason che amplifica la sua sofferenza.

Marlo fuma ancora, normalmente ci vogliono dai cinque ai dieci minuti di "intervento" per risolvere la questione. Fissa il timer del cellulare annoiato, quando finalmente il demone lascia il corpo. È una nube nera, vibrante di rosso, che cerca di uscire dal campo elettromagnetico sfrigolando come pancetta sulla padella; Marlo si abbassa e lo porta al massimo della potenza, il demone cerca ancora di resistere, ma alla fine esplode senza rumore, come un fuoco d'artificio.

- Boooom.

Il peggio è passato, adesso tocca occuparsi dell'obiettivo: per prima cosa stabilizzarla e, secondo, non renderla credibile. Marlo la deposita sul letto delicatamente e le sistema i capelli. È una donna gradevole che ne ha passate tante, adesso forse avrà un po' di pace.

Prende dell'alcool mandandoglielo giù per la gola, tossisce ma ingoia, svuota la bottiglia nel cesso ma ne versa quando basta per terra, lasciandola vuota vicino la piccola pozzanghera. Prende dell'erba da una bustina, prepara una canna senza tabacco, si riempie la bocca di fumo senza aspirare e satura la stanza. La fuma quasi tutta, poi ne prepara una seconda con molto tabacco, le infila il filtro tra le labbra così da avere il DNA dell'obiettivo a disposizione della scientifica. Sistema il salone cancellando tutte le tracce e porta via le provette di sangue. Missione compiuta, si torna alla base.

Marlo sale in macchina e la vede riflessa nello specchietto retrovisore.

- Tutto bene?

- Si.

- Hai avuto problemi?

- Domani ti farò rapporto.

- Sei stanco?

- Un po'. Pensavo a quando ti ho conosciuta.

Sorride, fu una notte particolare quella.

- A cosa pensavi?

- La nostra mente ama l'ignoto, perché anche la mente è ignoto, poi ci sono donne che hanno contorni definiti e quelle che portano con loro il mistero della propria esistenza.

- E quale sarei?

- Lo sai già, ma vuoi sentirtelo dire: sei una di quelle che porta il mistero.

Sorride ancora, ama i complimenti ma non quelli dozzinali che qualunque donna riceve.

- Hai fatto un ottimo lavoro, come sempre.

- Vado a dormire. Domani ti aggiornerò su tutto.

Le persone sono enigmi, anche per se stesse: sono come mosaici di cui dobbiamo montare i pezzi, ma il punto è che, anche dopo aver sistemato tutte le tessere, dovremo riuscire a interpretare correttamente il disegno complessivo.

Julia non immagina dove sia Marlo né cosa stia facendo, si trova in casa sua circondata dalle cose che gli appartengono e cerca di mettere insieme i pezzi del mosaico. Ogni casa ha il suo odore, questa è la vera natura di una casa, un luogo di pace dove non devono entrare ansia e paura, la casa ci parla della persone che la vivono.

Julia osserva la cucina, stretta e lunga, un frigorifero grigio scuro con molti magneti di luoghi: Berlino, Vienna, Budapest, Praga, Bratislava, Berlino, Dublino, Valencia, Parigi. Sono solo alcuni di quelli che osserva sfiorandoli con la punta delle dita, cerca d'immaginare i profumi di quei posti, le strade che Marlo ha percorso e con chi ci sia stato. Lo apre trovando verdure, frutta, qualche formaggio, è pulito e ordinato di un ordine forzato, come se fosse imposto dalla necessità. Nel freezer poca carne, pollo e tacchino, minestrone surgelato, non ci sono birre o bevande gasate ma in fondo alla cucina una rastrelliera in legno porta il peso di diverse bottiglie di vino rosso. Non ci sono piatti sporchi e nel secchio trova solo carta, le finestre sono prive di tende, Julia storce la bocca, non deve esserci mai stata una donna tra quelle mura.

Nel soggiorno, solo un piccolo divano color crema di stoffa, la televisione e un tavolo in acciaio dove un paio di riviste scientifiche sono aperte a metà. Il pavimento è pulito e alle pareti non ci sono quadri o foto, le mura sono bianche e spoglie. Ci sono due librerie nere, gli scaffali sono tutti occupati, scorre i titoli imbattendosi in romanzi, testi di storia, psicologia, politica e universitari. Ci sono anche dei vecchi quaderni, Julia ne prende uno per leggerlo, sono appunti, Marlo ha una bella grafia, tondeggiante e femminile, è anche molto preciso, ma qualcosa non quadra: troppo perfetto per essere naturale.

Dunque è andato all'università e forse è laureato, cerca altri indizi finché non trova quello che cerca: è un infermiere.

In bagno trova due accappatoi, uno arancione e uno bianco, quello bianco è pulito e non ha odore mentre l'altro sa di bagnoschiuma ai frutti rossi. Il lavandino splende, apre il mobiletto trovando il necessario per radersi ma nessun farmaco e della crema all'olio di Argan, ora capisce da dove arrivava il profumo che ha sentito quando l'ha stretta.

Tentenna quando si trova sulla porta della camera da letto ma decide di entrare, vuole sapere dov'è finita e con chi: il letto è basso, non ci sono coperte, le lenzuola sono di un viola molto scuro come le federe dei cuscini. Marlo dorme a destra, vicino la porta, lo capisce dalla forma del materasso. L'armadio sul fondo della stanza è nero, tute, felpe, pantaloncini, scarpe da ginnastica, che fosse uno sportivo era chiaro dal fisico. Prosegue la sua ispezione, trova qualche maglione di Zara, pochi capi firmati ma scelti molto bene, diverse camice e jeans, tutto molto casual. Mancano cravatte, completi e giacche, non deve amare molto l'eleganza eppure i vini in cucina sono tutti piuttosto cari, roba da palati raffinati. In un angolo un mobiletto basso è pieno di CD, sono compilation e album, si va dalla musica classica ai Metallica passando per i Queen, i Doors, gli U2, i Nirvana e artisti vari. Italiani pochi: Vasco, Renato Zero, Mannarino, Capossela e un cd di Rino Gaetano.

La casa è fredda, Julia si stringe nelle spalle, più che una casa la definirebbe una dimora, un luogo dove stare non dove vivere o dove si sia vissuto... manca di un'anima.

Julia ha fame e vorrebbe ordinare una pizza, ma ha paura di scoprirsi, di esporsi ed esporre Marlo ha qualche pericolo. Si guarda intorno, non ci sono fotografie, né di persone né di luoghi, torna in soggiorno e accende la televisione, aspetterà che torni per cenare insieme o per chiedergli di prepararsi qualcosa.

Quando sente la serratura scattare, salta; Marlo entra con la testa bassa e lancia le chiavi sul piano di marmo vicino la porta. Ha l'aria stanca e distante, come se si fosse scordato della sua presenza, ma quando la vede le fa l'occhiolino sforzandosi di sorridere.

- Tutto bene ragazzina?

Non ha idea di quanti anni abbia, certo la barba si sta facendo bianca ed è rasato ma ha una belle pelle, non deve arrivare a quarant'anni perché la chiama ragazzina?

- Tutto bene, grazie.

- Hai fame?

- Un po'.

Julia abbozza un sorriso a mezza bocca.

- Direi molta, scusa non ti ho detto che se volevi potevi cucinarti qualcosa, ci penso io.

- Vuoi una mano?

Si alza dal divano, ha una maglietta lunga bianca e degli shorts di jeans, ha tenuto le scarpe ma detesta portarle in casa.

- Mettiti comoda, puoi camminare scalza, il pavimento è pulito.

Non se lo fa ripetere, le toglie mettendole in un angolo vicino al divano.

- Prenditi la camera da letto, dopo cena lasciami solo il tempo di una doccia e di prendere il cambio per domani.

Entrano in cucina e Marlo infila una scatola di polistirolo di quelle del gelato da asporto nel frigorifero.

- Hai preso il dolce?

- No, non c'è niente di buono là dentro, credimi. Si tratta di lavoro, domani le porterò al laboratorio.

- Di che si tratta?

- Provette di sangue, sono un infermiere.

- Lavori a domicilio?

- In un certo senso. Ti preparo qualcosa di sostanzioso, sei pelle e ossa.

- Pelle e ossa? Magra, semmai, non pelle e ossa!

Julia abbozza un sorriso, ma è leggermente risentita.

- Posso aiutarti?

- Nel frigo ci sono dei funghi, se ti piacciono prendili, tagliali e mettili a bollire; intanto scongelo la carne nel microonde.

Lavorano in silenzio, Marlo le dà le spalle per apparecchiare, lo sente fischiettare e borbotta qualcosa mentre prepara gli ingredienti. Non deve essere abituato alla compagnia.

- Vino?

- Magari.

- Non esagerare, non sei ancora al cento per cento.

Ha un tono affettuoso, sembra quasi un padre con la figlia.

- Ok.

- Quando i funghi saranno cotti, scolali; poi mettili nel frullatore con un cucchiaio d'olio d'oliva extravergine.

- Perché?

- Lo vedrai.

La carne è scongelata, Marlo accende la piastra mettendocela sopra, Julia ha fatto quello che gli ha detto coi funghi.

- Ora vedrai.

Sembra felice, veramente felice, è chiaro che ama cucinare: frulla i funghi fino a ottenere una crema di colore grigio scuro, la carne è quasi pronta.

- Vuoi delle verdure grigliate?

- No, no grazie.

Le ride in faccia.

- Niente verdura, eh?

- Non la amo molto.

- Me lo aspettavo.

Julia vorrebbe dirgli di non essere sempre così sicuro di sapere tutto, ma lascia correre, per essere uno sconosciuto la sta trattando benissimo.

- Pronto, a tavola!

Il profumo è buono, l'idea della crema di funghi fatta al momento la stuzzica, il vino ha un sapore fruttato, peccato che nel piatto abbia del petto di pollo e non una bistecca al sangue.

- La cucina è come una storia d'amore.

Marlo ha un tono più rilassato ora, anche il viso sembra meno tirato.

- Sì?

- Bisogna innamorarsi degli ingredienti, amalgamarli secondo le loro differenze e i punti in comune, poi amare il prodotto finito: la somma, che è più dei singoli.

Si siede sospirando.

- Buon appetito.

- Grazie, anche a te.

- Da dove vieni? Da dove sei partita?

- Berlino.

- Ci vivi da molto?

- Sei anni.

- Cosa fai?

- Modella, fotografa, grafico pubblicitario, web designer e pittrice.

- Dimmi dei tuoi quadri.

- Non so come sia cominciato, una notte mi sono svegliata e ho cominciato a dipingerli.

- Hai sentito delle voci? Una voce? Avuto percezioni di variazioni di temperatura intorno a te, mentre disegnavi?

- No, niente di tutto questo, ma era come se non fossi io a farlo.

- La notte dormi bene? Prima e dopo che accadesse?

- Sì, benissimo, ma di giorno ho come la sensazione che qualcosa o qualcuno mi osservi.

- Capisco.

Marlo beve un sorso di vino, sembra assorto.

- Hai fede? Voglio dire, credi in Dio? Anche non quello canonico, intendo... in qualcosa?

- No, sono atea, ma non ho mai pensato alla religione, onestamente.

- Fai uso di droghe, sintetiche o naturali?

- Non ero fatta!

Julia è un po' offesa, ma dopo tutto è naturale pensarlo, ha diversi piercing e una dilatazione del lobo.

- Scusa, non intendevo quello, ma alcune sostanze aumentano la percezione della realtà o delle realtà... solo questo.

- No, non mi drogo, a parte qualche volta un po' di erba.

- Tranquilla, lo abbiamo fatto tutti da giovani.

- Posso sapere quanti anni hai?

- Trentasei.

- Non sei cosi vecchio rispetto a me, hai appena dieci anni di più.

- Appena?

- Non sono molti.

- Sono abbastanza: quando avevi dieci anni, ne avevo venti.

La guarda con tenerezza, come se invece di avere davanti una donna avesse una bambina.

- Hai figli?

Marlo ride di cuore.

- No, nemmeno una fidanzata.

- Perché?

- L'inizio di un amore è folle e felice: c'è un intreccio di vite farcito di buone intenzioni, ma la fine è sempre lacerante.

- Quindi non vuoi innamorarti per paura di soffrire?

- Amare è come ingannare se stessi, non ami niente se non quello che vedi nell'altro di te stesso.

- Quanto è durata la storia più lunga della tua vita?

- Quattro anni, ma ne sono passati nove e, da allora, sono

andate diminuendo; prima tre, poi due, alla fine la media è di un anno e mezzo, ma ormai non vanno oltre i trenta giorni. Ci sono prove che l'amore non può superare, per quanto forti siano le sue ali. Credimi.

Julia beve l'ultimo sorso di vino, osserva il viso di Marlo, quegli occhi verdi cosi seri eppure cosi bugiardi nel tenere fede a quello che le sue parole sostengono.

- Forse per te vanno bene solo storie brevi, l'emozione dell'inizio, preferisci situazioni che riesci a gestire, oppure hai solo paura di essere abbandonato.

- Vedi, ragazzina, - Marlo posa piano il tovagliolo sul tavolo, poggia i gomiti vicino il piatto e unisce le mani davanti al viso. - Fino a quando le relazioni saranno viste come investimenti, garanzie di sicurezza o la soluzione ai tuoi problemi, avremo solo due possibilità.

- Quali?

- Croce, perdi; testa, vince l'altro.

- Ma questo non è amore!

- Sei troppo giovane per capire: alla mia età incontri trentenni che vogliono un figlio perché sentono che il loro tempo sta scadendo; oppure donne divorziate, separate o qualcosa di simile con figli che, giustamente, cercano un compagno e un potenziale padre per la loro prole.

- E non vuoi crescere i figli di altri?

- Il problema non è questo; potrei anche farlo se amassi, - Marlo solleva il calice, finendo di bere il vino nel bicchiere. - Ma non amo. Da molto tempo.

- Forse sono troppo giovane, - Julia abbassa lo sguardo e sfiora la forchetta con la punta delle dita. - Ma credo tu abbia amato molto, moltissimo; almeno una persona nella tua vita.

Lo guarda, osserva le rughe sul suo viso, le occhiaie scure sotto gli occhi verdi, la piega particolare che prende la sua bocca mentre l'ascolta.

- Forse, - continua Julia. - Forse avete lasciato che un'istante di vuoto s'insinuasse tra di voi e, quando succede, il vuoto si dilata; aumenta fino a occupare secondi, minuti, ore e alla fine diventa troppo tardi.

- Va a dormire, penso io a sistemare, domattina verrai in ufficio con me: cercheremo di capire chi sono le persone che hai ritratto, così potremo farci un'idea di cosa o di chi stiamo cercando.

Quando Julia lascia la cucina si volta un secondo verso Marlo, sta già mettendo i piatti nel lavandino, c'è molta vita in lui, molto tempo trascorso, strade battute e abbandonate, ma non sembra farsene un problema, se non per il fatto che ha smesso di sperare.

- La speranza è una bugia.

- Come?

Julia scuote la testa, come faceva a sapere cosa stava pensando?

- La speranza è solo un'invenzione, una menzogna. Ti dicono di sperare per tenerti buona: spera nel domani, spera nell'amore, spera nella religione, così te ne stai buona sperando, mentre le cose non cambiano. Non devi mai sperare, la speranza è vana; devi lottare senza mai fermarti, cedere o arrenderti. Ma mai sperare in qualcosa o in qualcuno, perché nessuno verrà a salvarti, a nessuno importa veramente di te, se non in funzione di qualcosa che lo riguardi. Adesso vai a dormire, domani cominceremo a fare sul serio. Buonanotte.

Julia annuisce, chiude piano la porta della camera da letto alle sue spalle, accarezza il cuscino su cui dorme Marlo; si guarda intorno nel buio rotto solo dalla luce di una lampione che filtra dalla serranda. Ecco cosa manca a quella casa: la speranza.

L'essenza dell'amore è l'annullamento del tempo in un eterno presente in cui non c'è spazio, se non per le emozioni; Marlo lo sa bene, come sa che i sentimenti sono una girandola mossa da un vento traditore. Sta pulendo la pistola mentre Julia dorme, le pallottole sono in fila sul tavolo della cucina, sembrano scolaretti che aspettano di salire sullo scuolabus.

Ha un caso da risolvere, dipinti fatti da una ragazzina ventiseienne che ritraggono dei delitti, eppure questo lo turba meno del fatto che non sia più capace di emozionarsi.

Si avvicina alla finestra guardando le stelle, pensa al suo demone così lontano e distante; c'è sempre qualcosa di ridicolo nei sentimenti di qualcuno che non amiamo più: riceviamo i suoi messaggi con fastidio, non ci passa nemmeno per la testa di chiamarlo, eppure fino a qualche mese prima quella persona era tutto per noi.

Ci sono momenti in cui pensiamo di poter fare a meno di chiunque, anche di chi ci ama, momenti in cui anteponiamo altro al sentimento e l'amore è vendicativo come una donna tradita. L'amore è sicuramente una donna: quando se ne va, lascia dietro di sé un vuoto cosparso di vetri rotti che chiamiamo ricordi, sparisce senza lasciare traccia e, se ritrovi davanti a te quel vecchio amore, nei suoi occhi vedrai solo indifferenza.

Marlo non disprezza nessuno; anche quando potrebbe ferire, evita di farlo e non si aspetta che le persone siano oneste: nessuno è mai completamente onesto. Non sarebbe umano.

Accende la televisione, fa zapping tra i canali cercando qualcosa d'interessante, ma ormai trasmettono solo telegiornali o spot di linee erotiche. Sorride, ormai la vita gira tutta intorno al sesso: si rimorchia in chat, si conoscono persone su Facebook e si finisce a letto con l'amica dell'amica, tramite due foto postate. Tradire non è mai stato cosi facile e una volta gli riusciva anche bene, almeno fino a quando non ha conosciuto il suo demone personale. Il sesso piace a tutti ed è sempre piaciuto anche a Marlo, ma col suo demone era diverso.

Quel demone dai capelli ricci e gli occhi verdi, dalla pelle scura e il sorriso sincero, sarebbero stata una bella coppia, forse perché condividevano un lato oscuro, una tendenza alla seduzione e alla ricerca del piacere e alla vanità. Eppure le era stato fedele, un fatto strano della vita, una di quelle coincidenze che ti fanno credere che tutto sia possibile anche per i più viziosi.

Il problema è fidarsi, con quante donne fidanzate, sposate o conviventi è stato? Ride da solo, ha ricevuto i messaggi più spinti da persone impegnate; immagina quei poveri cristi ad aspettarle a letto, a lavoro, o ad amarle mentre loro scrivono ad altri. Scuote la testa pensando a chissà quante volte sia stato in quella posizione senza saperlo, ma il problema è proprio questo: ormai se ne renderebbe conto, non potrebbe fare finta di niente. In un certo senso, Marlo giustifica il tradimento: non ne fa una tragedia, siamo fatti di carne e sangue, siamo volubili.

Per demoralizzare una persona innamorata, soprattutto gli uomini che sono molto più vanitosi delle donne, ricorre sempre a un semplice test.

Per prima cosa fa una domanda: la tua ragazza è bella? E nessun'uomo dice mai di no, al massimo dicono carina e questo sarebbe già sufficiente per dormire una settimana sul divano, ma non importa.

Passa poi alla domanda due: credi che ci sia almeno una persona a settimana che ci provi con lei o le faccia complimenti? Quando è alla fermata dell'autobus o della metro, il barista vicino l'ufficio, qualcuno in palestra o lavoro, c'è sempre qualcuno appostato da qualche parte che aspetta il suo momento, no? E la risposta, con qualche incertezza e sospetto che comincia a trapelare, è puntualmente un sì.

E quindi sferra il colpo mortale: una persona a settimana sono quattro al mese, 52 settimane fanno un anno e in dieci anni sono almeno 520 persone... vuoi dirmi che nemmeno uno di queste se la scoperà?

Se solo potesse, rinascerebbe donna: una donna non deve fare molta fatica per divertirsi o tradire, sono gli altri a darle in continuo occasioni. E alcune, quelle più insicure, hanno bisogno di essere desiderate, cercate, di vedere occhi che le vogliano e mani che le bramino per sentirsi vive.

È perso in queste riflessioni notturne, quando qualcosa cattura la sua mente: un fotogramma di un secondo connesso a un delitto, il servizio è finito, ma prende al volo il cellulare per cercare conferma di quello che il suo cervello ha catturato mentre la mente vagava.

È la maestrina: l'hanno trovata morta nel suo letto, sgozzata; il referto l'ha trovata positiva alla droga e con dell'alcool nel sangue, si sospetta di un omicidio a sfondo sessuale.

Non può essere stata lei: non ha mai ucciso nessuno, non uccide. Il suo demone è un dominatore psicologico, ha bisogno che la preda sia viva e pulsante per divertirsi. E nemmeno lui l'ha uccisa!

Qualcuno deve averlo seguito, ma perché? Il demone che la possedeva era stato estirpato, non poteva aver dato l'allarme per farla eliminare, tutto era andato come previsto.

Adesso deve pensare a chi o cosa abbia commesso il delitto e la chiave è di sicuro in quelle provette di sangue: sangue prelevato a dei bambini, creature innocenti, senza peccato e vergini. Perfetto per dei riti, malefici o altri orrori simili. Ma la maestrina non era di certo in grado di fare un prelievo, non è una cosa cosi semplice come possa sembrare.

Marlo prende le provette: sono ospedaliere, non di quelle che si comprano in farmacia, quindi l'indemoniata doveva avere un complice con un camice o una divisa bianca. Le targhette sono state stampate in ospedale; non c'è il riferimento al nosocomio o al reparto, ma tutte le stampanti hanno un piccolo codice rosso che le identifica a cui non fa caso mai nessuno. Una volta trovata la stampante, sarà facile sapere dove viene usata e Marlo potrà fare una visitina da quelle parti.

Massimo osserva i risultati delle analisi, scuote la testa mentre porge il foglio a Marlo, picchietta con le dita sulla scrivania fissandolo con gli occhi azzurri.

- Dunque li hai presi a casa della maestra uccisa.

Julia è a poca distanza da loro, ascolta attenta e confusa con le braccia conserte, i capelli biondi sono raccolti in un ciuffo impazzito tenuto su da una fascia elastica bianca.

- Sì.

- E cosa facevi a casa sua?

- Un lavoretto extra?

Massimo sbuffa sollevando gli occhi al cielo, è dimagrito parecchio rispetto a quando Marlo si è unito a lui e ad Alberto.

- Un lavoretto extra... e per conto di chi?

- Un'amica.

Brontola grattandosi dietro l'orecchio, apre il cassetto della sua scrivania e inforca una sigaretta tra le dita.

- Hai strane amicizie, dovresti sceglierle meglio.

- Abbiamo notizie della stampante con cui hanno fatto le targhette?

Massimo accende la sigaretta, stiracchiandosi sulla poltrona di pelle nera che gli ha regalato il cardinale Rossini.

- Sto aspettando Alberto.

- Eccomi.

Camicia color salmone e pantaloni color crema serviti con dei mocassini blu notte: la moglie di Alberto si prende cura di preparare ogni sera ciò che il suo gigante buono dovrà indossare a lavoro l'indomani.

- Sappiamo dove sono state fatte?

- In un laboratorio analisi privato: Moxilab, ecco l'indirizzo... e c'è dell'altro.

- Tipo?

- La maestra era solo un corriere, nessuno dei ragazzini è suo alunno, ma tutti hanno fatto analisi in quel laboratorio.

- Perché?

- Ha un convenzione con gli asili e le scuole materne, vanno nelle scuole a prendere i campioni, screening delle malattie rare, ma nelle provette c'era solo gruppo Rh negativo.

Marlo incrocia le braccia pensieroso, scuote appena la testa reggendola con una mano, si morde un labbro fissando il pavimento, Julia lo nota. È nervoso.

- Si tratta di qualcosa di grave?

- Diciamo che intorno al genere Rh negativo girano molte dicerie, non c'è una spiegazione scientifica per la sua esistenza. C'è chi dice che sia una mutazione genetica, chi che sia una sorta di ibridazione, più un mucchio di altre teorie; chiunque volesse quel sangue, però, aveva qualche scopo preciso.

- Cosa intendi fare?

- Fare un salto in quei laboratori; abbiamo i nomi di chi va a fare i prelievi nelle scuole e del personale?

Alberto gli passa due fogli.

- Tutto stampato.

Massimo tossisce per attirare l'attenzione.

- Dovremmo fare rapporto a Rossini.

Marlo storce la bocca.

- E come giustifico la storia della maestra?

Julia fa un timido passo avanti sollevando una mano.

- Posso aiutarti.

- Come?

Prende le tele che ha nella borsa, le srotola prendendone una bianca.

- Posso dipingerla e farla passare per una delle altre, non potrà dirti nulla.

Massimo dà una pacca sulla spalla di Marlo, indicandogli la porta.

- Muoviti, fai quello che devi fare, penseremo noi a Rossini. Non perdere tempo.

Marlo lascia l'ufficio e sale in macchina, passerà da casa e prenderà l'artiglieria pesante, ma prima vuole parlare con una persona. Dopo un'ora si ferma davanti una piccola chiesa in cima a una collina fuori Roma, si avvicina alla porta sollevando il battente tre volte, ad aprirgli è un giovane seminarista che lo guida in silenzio lungo stretti corridoi. Entrano in una grande biblioteca sotterranea dove sono accatastati libri, pergamene e trattati. Seduto a un leggio, un anziano prete dal viso stanco se ne sta piegato su un grosso tomo.

- Padre.

- Vieni avanti, accomodati, - gli indica un punto sul pavimento e Marlo siede sulla dura pietra, incrociando le gambe.   - Ti sei confessato?

- No.

- Non lo fai da molto.

- Non è cosi importante.

Il prete posa gli occhiali sul tomo davanti a sé, sospira, ha le mani raggrinzite dal tempo e il collo trema leggermente per via del Parkinson.

- Non dovresti trascurare la tua anima, lo sai.

- Quando la renderò, pagherò il prezzo che devo.

- La vita contiene in sé l'attitudine alla felicità, ma sei tu a sceglierla se svilupparla o meno.

- Non importa: la mia vita è stata come una partita a carte; le carte erano il destino, scegliere come giocarle il libero arbitrio.

- Il libero arbitrio prescinde dalla comprensione della vita: sei libero solo se capisci la tua vita, se ne comprendi la legge e la rispetti.

- Non è importante, non sono qui per questo ora.

- Come vuoi, cosa vuoi sapere?

- Qualcuno è interessato al gene Rh del sangue, sappiamo bene di cosa si tratta: quando Dio ha scacciato gli angeli ribelli, alcuni di loro sono rimasti sulla terra come mortali e come tali hanno avuto una discendenza.

- Il gene Rh, il gene degli angeli.

- Esatto, devo capire a chi possa interessare e perché.

L'anziano prete annuisce, chiude il pesante tomo mettendosi comodo sul leggio.

- Astieniti dal mangiare il sangue, perché il sangue è la vita.

- Deuteronomio, 22,23.

- In passato molti alchimisti hanno attribuito grandi poteri al sangue, ma nessuno ha compreso che la chiave di questo potere risiedeva non nel sangue in sé, ma solo in un tipo. D'altronde nemmeno avrebbero potuto, poiché la genetica non esisteva ancora, ma qualcuno si avvicinò alla verità.

- Chi?

- L'ordine del Sacro Potere Femminile.

- Non l'ho mai sentito.

- Era un ordine di alchimiste nato nel tardo medioevo: nobili donne che non potendo manifestare il proprio talento pubblicamente ricorsero alla clandestinità, pensavo fosse stato distrutto.

- Ma non è cosi...

- Qualcuna deve essersi salvata.

- Salvata?

Il prete sospira con aria colpevole.

- Sono arrivate molto vicine a comprendere il potere del fattore Rh, in maniera empirica certo, ma lo hanno fatto. Dovemmo distruggerle.

- Accusate di stregoneria, vero?

- Si, ai tempi non avevamo scelta: se fossero venute allo scoperto con quella verità, avrebbero sconvolto il mondo. Avrebbero dimostrato l'esistenza del divino in maniera inconfutabile, ma non possiamo permettere che si comprenda che alcuni umani siano in parte angeli.

- Chissà cosa potrebbe succedere, orde di pazzi convinti di poter compiere miracoli o fondare chiese e culti. Ci mancherebbero solo loro, come se non bastaste voi!

- Non si tratta solo di quello, quel sangue ha effettivamente dei poteri molto grandi se correttamente manipolato: può sviluppare una grande energia alchemica o, se preferisci, chimica o fisica. La sua origine divina gli permette di violare alcune leggi della natura, lo cercavano per creare la pietra filosofale, in primis, ma in seguito una di loro capì che poteva essere impiegato in molti usi.

- Come ad esempio?

- Sconfiggere la morte.

Il vecchio prete lascia il leggio, camminando fino a una pergamena.

- L'avevo preparata dopo il tuo messaggio, quando hai accennato alla maschera d'oro. Vedi, nei vangeli vi sono continue allusioni al sangue, come anche nella Genesi; gli alchimisti volevano tramutare l'oro in piombo, ma questa è solo una metafora: in verità si trattava di passare dal materiale allo spirituale.

Srotola la pergamena davanti Marlo, contiene schizzi di una maschera d'oro di forma ovale.

- Questo è il rapporto di un monaco risalente al diciassettesimo secolo: parla di strani delitti compiuti in Germania, rapimenti di bambini, ritrovamento di corpi dissanguati. Quando si mise sulle tracce del responsabile, s'imbatté in una giovane contadina, più tardi scoprì che si trattava di un'alchimista del Sacro Ordine del Potere Femminile. Si scontrarono, ma lei fuggì; il monaco descrisse la maschera della donna, sostenendo che quando questa lo guardava, si sentisse privato delle forze e dell'energia necessarie per affrontarla. La sua teoria è che si trattasse di uno strumento per risucchiare vita al prossimo.

- E il sangue?

- Per produrla. Siamo minacciati nella nostra esistenza, dal decadimento del nostro corpo, dalla sua fine naturale che porterà all'annullamento della nostra esistenza. Tutto ciò che siamo stati svanirà, la nostre esperienza e la conoscenza... tutto andrà perduto. Questa è la grande paura e la paura e il male sono gemelli. Gli esseri umani iniziano a farsi del male quando hanno paura gli uni degli altri. Lì comincia il caos.

- Devo trovare l'alchimista.

Marlo si alza con aria agitata.

- Fai attenzione a non cadere nella tua stessa trappola.

- Cosa vuoi dire?

- Quest'alchimista è immortale da molto tempo, credi che non abbia affrontato centinaia di uomini come te? Che sia sopravvissuta solo perché possiede una maschera fatta con del sangue? È una donna e la donna è la sola preda che provoca il cacciatore, non disdegna di essere cacciata e sai perché? Perché alla fine non sarà lei a cadere vittima della caccia, ma il cacciatore stesso!

- Non ho paura.

- Entrerai nella sua trappola pur sapendo che è tale, vieni qui, abbracciami.

- Perché?

- Perché mi mancherai, magnifico idiota.

Il piccolo anziano prete cinge le spalle larghe di Marlo, stringendolo con la forza che può.

- Non c'è niente d'impossibile.

- Non avrai vinto, Marlo, se non vincerai contro te stesso.

Marlo si libera delicatamente dell'abbraccio e lascia la piccola chiesa; il sole comincia a calare, deve muoversi.

Quando raggiunge l'indirizzo dove si trova il laboratorio di analisi trova la strada chiusa da una volante delle polizia, poco distante vede i lampeggianti blu di un camion dei pompieri rompere il buio con la loro luce.

- Di che si tratta agente?

- Un'incendio, un laboratorio di analisi.

- Ci sono vittime?

- Risultano tre persone dentro, i dipendenti.

- Grazie.

La puttana è stata più veloce di lui, sta cancellando tutte le prove dietro di sé e lo fa in maniera spietata. Riflette sul da farsi, chiama in ufficio, ma non risponde nessuno e lo stesso succede con i telefoni di Massimo e Alberto, fortunatamente Julia risponde al telefono di casa.

- Il laboratorio è in fiamme, i miei colleghi non rispondono al telefono, per fortuna stai bene.

- Sì, mi hanno portata a casa, ho preferito aspettarti qui.

- Rimani là, devo fare alcune ricerche, non aprire a nessuno.

- Ok.

Ha poco tempo per trovare una pista, fortunatamente il nemico non ha idea che qualcuno sia sulle sue tracce né dove si trova Julia, la morte della maestra deve aver fatto scattare un piano d'emergenza.

- Che sta succedendo?

La vede riflessa nello specchietto retrovisore.

- Niente che ti riguardi.

- Non mi hai più aggiornato, ma ho sentito della morte dell'obiettivo che ti avevo affidato.

- Non sono stato io, siamo finiti in qualcosa di più grande e complesso.

- Puoi parlarmene se vuoi.

- Perché?

Lei sembra titubante, non si aspetta di essere messa in discussione in quel modo.

- Che vuoi dire?

- Perché dovrei parlatene? Che cosa farai? Mi darai buoni consigli? Potrò contare su di te se le cose andranno male o sarò ferito? Non mi risulta che sia possibile; allora che senso ha?

- Non voglio ti capiti qualcosa.

- Sì, ma non puoi farci niente, hai tutto quello che hai sempre desiderato giusto? Non ti servo.

- Non è cosi semplice.

- Sì invece, è cosi semplice, pensi che abbia bisogno di te? Dimmi una sola cosa che abbia ottenuto nella mia vita per cui debba dirti grazie, o un solo momento in cui abbia potuto contare su di te. Uno solo!

- Siamo forse nemici, ora?

Marlo sorride senza nessuna cattiveria, squote appena la testa guardando distrattamente fuori dal finestrino.

- Per tutto quello che ci siamo fatti sarebbe quasi logico, ma non è cosi semplice. Posso dirti una cosa?

- Quale?

- Le emozioni hanno un prezzo e lo abbiamo pagato tutti e due, nessuno di noi può darsi lezioni di morale, ma ora torna da dove sei venuta. C'è sicuramente qualcuno o qualcuna che ti aspetta, o magari molti che ti aspettano, ma non ci sarò io.

Tutti hanno due tipi di morale, una che predicano quando sono in prima persona e una che usano quando la prima persona in ballo è qualcun altro.

Tutto questo è normale, ma i nodi nella vita di Marlo stanno venendo al pettine: il tempo stringe, così come un'altra battaglia si affaccia alle porte e non si può aspettare.

Marlo consulta le informazioni che trova sul web relative alla società proprietaria del laboratorio analisi, non può escludere che si tratti di una copertura e che stia affrontando l'Ordine intero, piuttosto che un singolo. Trova la sede dell'amministrazione in un palazzo nei pressi di San Paolo: si tratta di un edificio adibito a uffici dove sono situate molte aziende; parecchie vite prima, quando lavorava come consulente informatico, ci era stato.

Trovare parcheggio è stato piuttosto difficile, ma almeno il buio avvolge definitivamente ogni cosa rendendogli semplice muoversi.

Ha cercato ancora di contattare Alberto e Massimo ma non ha ricevuto nessuna risposta. La cosa lo insospettisce ma è pur vero che almeno loro fuori dall'ufficio hanno una vita decente, Alberto ha addirittura due figli! Marlo prepara il necessario per aprire la porta mentre riflette su come sia complicato avere uno straccio di relazione alla sua età. Fare quello che fa, ormai è così naturale, che mentre progetta un'infrazione riesce a decidere cosa preparare per cena.

I ferri sono pronti, adesso deve entrare nel sistema di telecamere per verificare quante siano funzionanti. Comincia a spazientirsi, ogni istante è un passo del nemico verso Julia o, peggio, verso di lui; finalmente viola il sistema, adesso può vedere quello che succede all'interno dell'edificio. Esattamente come quindici anni prima c'è una sola guardia giurata con due schermi collegati a otto telecamere, il sistema è piuttosto vecchio, quindi accedere al server è alla sua portata. Scarica una sequenza di sessanta secondi di riprese che carica sul computer della guardia giurata e lo disconnette dalla rete. Da quel momento lo schermo rimanderà in loop le stesse immagini, il gioco è fatto, almeno per quanto riguarda le telecamere.

Marlo sale le scale antincendio con disinvoltura, arrivato al quarto piano apre la porta con circospezione, conta le porte fin quando non trova quella dell'ufficio che gli interessa. Una serratura comune, con poca fatica si trova dentro, niente di più facile, il problema è che non ci sono computer ma una quantità industriale di cartelle. Ne prende un paio aprendole, ma i fogli all'interno sono bianchi, li fa girare tra le mani, ma non c'è niente da fare, non c'è scritto niente.

Si guarda intorno confuso, le cartelle sono ordinate secondo un criterio che appare evidente, ma nessuna di loro reca qualsivoglia tipo di testo. Perlustra l'ufficio in cerca di qualche appiglio ma non trova nulla anche se un dettaglio lo colpisce, non ci sono specchi, nemmeno in bagno. Quale donna non ha bisogno di uno specchio? Quale donna non ne cerca uno, se il solo scopo della sua esistenza è non morire e non invecchiare?

Fa un respiro profondo: ci deve essere un criterio logico in quell'archivio, o chi lo ha creato impazzirebbe; un criterio invisibile che serve a difenderlo dalle intrusioni. Riflette, l'errore è pensare di confrontarsi con una creatura razionale che segua dei criteri ovvi, ma dalle sue azioni è chiaro che si tratta di un essere profondamente emotivo. Una persona che compie crimini motivato dalla vanità e dall'orgoglio. Un soggetto del genere ha sempre un approccio conservativo: colleziona trofei, memorie delle sue imprese, ma la carta invecchia e, invecchiando, cambia.

Marlo osserva le cartelle più in basso, si sposta nell'altra stanza, fin quando non ne trova alcune con gli angoli piegati, la copertina percorsa da venature contorte e i fogli leggermente ingialliti.

Tre, tra le più vecchie e altre tre di quelle più recenti, è il massimo che può fare, adesso però deve tornare a prendere Julia a casa e vuole farlo senza infonderle paura. Poche cose come una pizza, della birra e qualche schifezza, fanno sentire le persone al sicuro.

Può sembrare folle, irrazionale, assurdo: un laboratorio analisi andato in fiamme, un archivio di cartelle con fogli bianchi, una maestra defunta, un nemico vecchio di cinque secoli; chi penserebbe a ordinare due pizze e prendere delle caramelle gommose insieme a qualche Dvd da vedere sul divano? Forse proprio chi deve affrontare tutto questo, senza cercare d'impazzire. Forse.

Quando Julia apre la porta rimane sorpresa, Marlo ha due cartoni di pizza, una scatola di gelato, alcuni fritti, una birra gelata e della Coca cola.

- Ho pensato che avessi fame, non mi andava di cucinare, è stata una giornata pesante per tutti.

Lei ride di gusto, fa un passo indietro e entra in cucina con lui, Marlo posa il cibo sul tavolo cominciando a prendere piatti e tovaglioli.

- Che ne dici di guardare un film?

- Dove lo guardiamo?

- Sul divano in salone, stasera possiamo fare qualche strappo all'etichetta.

Julia ride, ha un bel sorriso, il viso ovale dalla carnagione chiara mette in risalto i grandi occhi chiari.

- Va bene, si può fare.

La vede uscire con l'aria allegra di una ventiseienne, cosi fresca, piena di speranze e progetti, così lontana dalle ansie di tutti i giorni. Dopo tutto, essere giovani vuol dire tenere aperta la finestra della speranza, magari si sbaglia e se le cose vanno male basta prendere un altro anno dal mucchietto della vita. Marlo porta la pizza, mette i fritti al centro del tavolo, serve a Julia la birra. Lei è seduta a gambe incrociate sul divano, porta degli shorts di jeans, una t-shirt con stampata sopra la faccia di Basquiat e ha i capelli tenuti su da una fascetta nera.

- Che film hai scelto?

- Uno comico, una commediola se non ti dispiace.

- Ridere fa bene al cuore, procediamo!

Il film passa in fretta tra una fetta di pizza e l'altra, Julia ha una risata contagiosa, tipica della sua età, si sporca le dita di pomodoro, un filo di mozzarella le cade dalla bocca sul mento e per poco non rovescia la birra sul tavolo.

- Sono un disastro, scusa.

- Hai notato che la pizza è tonda, il cartone quadrato e le fette triangolari?

Julia lo guarda di traverso, non capisce il nesso tra la battuta e la cena.

- Niente ha un senso o forse sì, ma il punto è che non è strettamente necessario afferrarlo; non ti rendi conto delle differenze tra le forme del cartone, la pizza e la fetta. Sai perché?

- Perché?

- Perché funziona e la pizza ti fa stare bene: il cartone è comodo così e la fetta perfetta per finire in bocca. Se funziona, va tutto bene.

Ridono, non è importante che la cena sia perfetta o se la birra cade sul tappeto, l'importante è che funzioni.

- L'errore più grande che commettiamo è cercare la perfezione: l'amico perfetto, il partner perfetto, la vita perfetta! Non bisogna mai aspirare alla perfezione, è un miraggio, un'illusione che si allontana dalla bellezza dei difetti, dalla realtà. La felicità non è nella perfezione, ma nelle pieghe ruvide della realtà, come la bellezza sta negli occhi stanchi, nelle occhiaie o in un viso senza trucco.

- Vorrei che più gente la pensasse come te.

- Dalle solo il tempo d'invecchiare e sbagliare, poi ci arriveranno anche loro.

- Posso farti una domanda?

- Puoi farmi tutte quelle che vuoi, tanto e comunque sarò io a decidere se rispondere.

- Marlo solleva il bicchiere di Cocacola, finendo di svuotarlo.

- Perché non sei sposato o con figli? Come mai sei da solo?

Si guarda intorno.

- Non ti manca niente.

- Certe volte mi guardo intorno e vedo persone che corrono a destra e manca in cerca d'amore, corrono come se fossero inseguiti da un mostro che vuole divorarli. Credo abbiano paura della solitudine o di essere giudicati perché sono effettivamente soli, ma personalmente ho più paura di stare con qualcuno che non amo veramente o di cui non possa fidarmi, che di questo.

- Ok, ma non credo non ci sia nessuna donna nella tua vita.

- E perché? Sono forse alto, ricco e pieno di capelli?

Julia scoppia a ridere piegando la testa all'indietro, le cade la fascia e si sparpagliano come spighe di grano sulle spalle sottili.

- Sei un cretino.

- Questo le donne me lo dicono spesso.

- Solo questo?

- Non le ascolto quando usano aggettivi per definirmi, né nel bene né nel male: quello che le persone dicono quando sono in preda ai fumi delle passioni, lascia il tempo che trova. Si fanno grandi promesse, grandi proclami e magari ci si crede anche, ma poi la vita ha la meglio e ti fotte. Si cambia idea, opinione, si smette di vedere la persona amata in un certo modo e si vede in tutt'altro. Meglio non rischiare.

- Quindi dovrei arrendermi?

- Sei giovane, per te è diverso, a me ormai capitano solo trentenni senza figli con l'orologio biologico che somiglia al timer di un forno e vogliono procreare. Oppure over trenta con figli, magari più di uno e magari di padri diversi, che cercano un compagno per dividere le responsabilità e che le aiuti a crescerli.

- Non lo faresti?

- Non ho detto questo, ma ogni caso fa storia a sé, una donna sola con una figlia femmina è un conto e dipende anche quanti anni abbia. I maschi già sono diversi, perché hanno un rapporto di protezione con la madre; se ci sono ambedue subentrano altri fattori e se ci sono più padri, apriti cielo!

- Direi che hai molta esperienza.

- Nella vita non devi mai pentirti di niente: se va bene ti sei divertito, se va male diventa esperienza.

- Hai scoperto qualcosa oggi? Dopo che sei andato via?

- Il laboratorio analisi è stato dato alle fiamme con tutto il personale dentro, ho trovato la sede dell'amministrazione e ci sono entrato.

- C'era qualcosa d'interessante?

- Diciamo di sì, diciamo di no. Domani ti saprò dire meglio, voglio fare una visita a un amico che potrebbe darmi qualche dritta.

- Posso accompagnarti? Mi sentirei più tranquilla.

- Sì, mi sentirò più tranquillo anche io, ma adesso andiamo a ninna.

- Ti do una mano a sistemare.

- No, stai serena, ci penseremo domattina.

Julia va in camera da letto, mentre Marlo si toglie i vestiti rimanendo a torso nudo, con dei pantaloncini di cotone, si copre appena con un lenzuolino e sistema la testa sul bracciolo.

- Ho dimenticato l'orologio, scusa.

- Fai in fretta non voglio vergognarmi troppo del mio fisico.

- Hai un tatuaggio?

Indica la spalla osservandolo da vicino.

- Sì, direi di sì.

- Che simboli sono?

- Glifi, un vezzo.

- Perché lo hai fatto?

- Per il dolore, il disegno e i colori sono solo contorno.

Julia si dirige verso la porta fermandosi un istante a guardarlo.

- Non essere troppo severo con te stesso, per la tua età non sei messo così male.

Schiva un cuscino che le fischia appena sopra la testa e scappa ridendo, Marlo sente la porta della camera da letto chiudersi dietro di lei. La immagina con le gambe incrociate, abbracciata al cuscino che ride come una matta. La cosa lo fa sentire molto bene: quando fai sorridere qualcuno, salvi la sua vita e fai respirare la sua anima e la tua. In fondo se ne rallegra.

Capitolo III

Julia dorme ancora, Marlo osserva il viso adagiato sul cuscino con i capelli biondi che le cadono sul viso, sorride malinconico e chiude piano la porta per non svegliarla. Gironzola per la casa piuttosto confuso, finché non approda in cucina guardando il vento che muove le fronde degli alberi. Ha la tentazione di volerle bene, ma sa che la tentazione è un'imboscata nella quale si tende a cadere volentieri e non può permettersi questo lusso.

Il vetro della finestra rimanda il riflesso del suo tatuaggio, distrattamente lo accarezza piano come se fosse vivo e pulsante. Cicatrici, rughe e tatuaggi sono come un archivio, la pelle conserva la memoria individuale meglio di qualunque fotografia perché le foto puoi cancellarle, dimenticarle o strapparle ma un tatuaggio è qualcosa che rimarrà sempre, è qualcosa a cui hai concesso di violare la sacralità del tuo corpo. Un tatuaggio non può essere rinnegato. Decide di preparare la colazione ma lo fa col pensiero fisso al mostro che gira intorno alla sua vita come uno squalo affamato, si sforza di scacciarne il pensiero per ritagliarsi uno scampolo di vita normale. Vorrebbe chiamarsi fuori, andarsene lontano, partire per luoghi distanti da tutto quello che conosce e dove i suoi ricordi sono appiccicati. Carica la macchina del caffè, accende il fuoco, apparecchia la tavola e prepara un vassoio con la frutta e trova uno yogurt ancora buono nel frigorifero che aggiunge al tutto. Non ha idea di cosa mangi Julia per colazione quindi infila sul tavolo più o meno qualunque cosa, ed è tentato anche di farle due uova con la pancetta. Non si stupirebbe di vedergliele mandare giù con un sorriso, quella ragazzina è adorabile, gli fa venire voglia di accudirla come una figlia.

- Buongiorno.

Il caffè ha appena cominciato a uscire dalla macchinetta, l'odore già si spande nell'aria denso e avvolgente, Julia è scalza, spettinata e un raggio di sole passa direttamente dalla finestra ai suoi occhi.

- Ho preparato la colazione, come lo prendi il caffè?

- Corretto.

- Come?!

Marlo sembra scandalizzato e lei scoppia a ridere.

- Sto scherzando. Amaro, ma lo preferisco americano.

- Non ho idea di come sia... confesso che mi è sempre venuto uno schifo.

- Mettici due cucchiaini di zucchero.

Si siedono, Julia ha una fame da lupo è incredibile come riesca a rimanere magra per quanto mangia! Assaggia il caffè ma scuote la testa tirando fuori la lingua dalla bocca.

- La vita è come il caffè ragazzina, puoi metterci tutto lo zucchero che vuoi, ma se non lo giri rimane amara, occorre muoversi e per rimanere in tema, stiamo facendo tardi.

- Pensavo lo avessi fatto tu.

- Cominci già a essere viziata?

- Non mi succede spesso di esserlo.

- Allora apprezzalo come qualcosa di prezioso e non trattarlo come qualcosa di dovuto, è un tipico errore femminile, non generalizzare, non sono come le altre.

- Ragazzina, parli come una fidanzata, finisci la colazione vai a prepararti: se volessi una donna che risponde sempre e vuole avere l'ultima parola ogni volta, sarei sposato.

- Vado, non mettermi fretta, c'è tempo.

- Il tempo non è gratis, puoi usarlo ma non è tuo e se lo perdi non te lo ridaranno indietro.

- Parli come un padre, anzi peggio: come un nonno!

Lo abbraccia baciandolo sulla fronte e la cosa irrigidisce,Marlo che sente il viso scaldarsi.

- Non agitarti vecchietto, sulle guance è affetto, sulla bocca amore, sul collo passione e sulla fronte premura. Vado a prepararmi.

Marlo sistema la cucina, aspetta di sentire Julia che esce dal bagno per farsi una doccia veloce, quando ha finito la trova ad aspettarlo.

- Forza vecchietto, di solito siete voi ad aspettare noi donne; possibile che con te succeda il contrario?

- Vorrei che ti rendessi conto che non è una gita di piacere.

Julia diventa seria, abbassa lo sguardo e sorride, una piega sottile le parte dalla bocca spingendosi fin dentro la guancia.

- Lo so, per questo cerco di sdrammatizzare.

Scendono le scale, entrano nel garage e salgono in macchina, non c'è molto traffico, Julia fuma con lo sguardo perso oltre l'orizzonte, Marlo guida in silenzio.

- Che farai?

- Quando?

- Quando questa storia sarà finita.

- Non ci ho pensato, tornerò in ufficio e prenderò un altro incarico.

- Perché non molli tutto e fai quello per cui hai studiato?

- Sai cosa ho studiato?

- Ho visto dei quaderni con appunti, sei un infermiere.

- Non è così semplice.

- Credo che la macchina del tempo esista.

Marlo la guarda di traverso.

- Fammici fare un giro, devo cambiare due o tre cose.

- Ci sono due tipi di macchina del tempo: la prima sono i ricordi, ma può portarci solo indietro e l'altra sono i sogni e può portarci in avanti. Devi scegliere su quale salire.

- I sogni rimandati per troppo tempo si seccano, ragazzina; sono come ferite che macerano.

- Allora smetti di rimandarlo, perché sei rimasto qui se non hai possibilità?

- Sarei dovuto partire, ma sono rimasto per amore; ma l'errore non è stato quello: è stato capirlo troppo tardi.

- Quindi ora puoi andartene.

Sospira, cambia marcia, supera una macchina che procede troppo lenta e impreca.

- Sì, potrei.

- Quindi torniamo al punto di partenza: cosa farai dopo?

- Ci penserò.

- Devi agire, non pensare e se qualcuno ha deciso per te, togliendoti la ragione per rimanere, ha fatto la metà del lavoro e forse di più, il resto è nelle tue mani.

- Non sei un po' troppo sveglia e profonda per avere ventisei anni, ragazzina?

Julia sorride sollevando ambo le sopracciglia con aria furba.

- Sono giovane, non stupida, altrimenti mi farei selfie nel cesso invece di dipingere, non credi?

- Siamo arrivati.

Si fermano davanti a una piccola chiesa, parcheggiano all'interno di un giardino connesso all'edificio e salgono i gradini che portano alla porta, Marlo fa risuonare il tonfo del battente tre volte prima che gli venga aperto.

- Sei ancora vivo figliolo!

Il vecchio prete sorride con aria bonaria facendogli una carezza poi guarda oltre le sue spalle e vede Julia.

- Hai portato un angelo con te questa volta, entrate.

Julia osserva ogni dettaglio architettonico, le due file di colonne con capitelli che corrono lungo i fianchi della navata, gli affreschi sulla volta con tinte vivaci, i banchi incisi a mano in legno d'ebano raro. Accarezza ogni cosa respirando lenta come se tutto fosse nuovo per lei, passa la mano su alcune candele accese e fissa il Cristo sulla croce con aria rapita.

- Perché siete qui questa volta?

Marlo apre una borsa nera che porta a tracolla.

- Ho trovato queste, ma non so come leggerle, ho pensato che potessi aiutarmi.

L'anziano parroco indossa gli occhiali da vista, stringe gli occhi toccando la carta, avvicina i fogli al naso, si lecca la punta delle dita e sfiora la superficie.

- Andiamo di sotto.

Scendono nei sotterranei grazie a una scala a chiocciola che finisce in un corridoio stretto scavato nella roccia fin quando arrivano alla grande biblioteca.

- Mi ci vorrà del tempo, potete rimanere qui mentre faccio le mie ricerche.

Julia fissa alcuni alambicchi, provette e ciotole sparse si di un tavolaccio di legno in mezzo a tutti quei libri.

- Di che si tratta.

- Una volta la chiamavano alchimia, ora chimica.

Il prete siete su uno sgabello, mette in fila alcune ampolle con del liquidi e usando diversi cucchiaini versa piccole gocce sui fogli, Julia si avvicina per curiosare ma, delicatamente, la allontana.

- Non troppo vicino bambina, potresti farti male.

- Cosa stai facendo?

- Sono reagenti, cerco di capire con cosa è fatta la carta e che inchiostro è stato usato.

Le gocce cadono piano sui fogli ma non succede niente, il prete taglia un angolo prendendolo con la pinza e lo posa su un piccolo microscopio.

- Voglio capire che struttura ha la carta.

Immerge il frammento in un liquido osservando come si dissolve, quando i frammenti scompaiono del tutto chiude gli occhi con espressione di dolore.

- Che hai scoperto?

Marlo posa una mano sulla spalla di Julia come per metterla al riparo da quello che sta per sentire.

- Non era carta o meglio era cellulosa ma mischiata con tessuti biologici, presumo umani a questo punto quindi immagino di poter leggere quelle cartelle facilmente ora.

Cammina a fatica fino a un piccolo armadio di legno, lo apre e prende una torcia.

- Che cos'è?

- Adesso lo vedrai.

- La punta sui fogli e l'accende ottenendo la comparsa dei caratteri.

- Sangue. Avrei dovuto pensarci subito, che idiota era così scontato.

- In che lingua è scritto?

- Latino, il che è una fortuna: posso leggerlo.

- Che dicono?

- Appunti, ci sono nomi e date delle persone a cui hanno prelevato il sangue, test genetici, esami con altre sostanze chimiche, lo usavano per sintetizzare il fattore Rh come per creare un farmaco che lo avesse come base.

- Il fattore Rh è un antigene presente sulla membrana dei globuli rossi.

- Sì, stavano cercando di creare un siero Rh per modificare il sangue di chi non lo possiede... ma perché?

- Per avere la possibilità di produrlo partendo da individui non Rh e poter disporre di una riserva infinita di sangue da usare per riti alchemici o per potenziare le funzioni dell'alchimista, a quanto vedo lo iniettavano in soggetti non Rh, ma ottenevano solo la loro morte.

- Quante persone sono coinvolte? Lo capisci?

- Non molte, ci sono solo quattro tipi diversi di grafia, avevano un protocollo scientifico comunque: c'è chi reperisce i campioni, chi li analizza e chi compila le schede.

- Usavano un laboratorio dato alle fiamme con i tre dipendenti dentro, ma la maestra? Ho distrutto un demone dentro di lei.

- Un pedone sacrificabile sulla scacchiera, non mi sorprende ci fosse un demone, mi hai detto che era anoressica giusto? Quindi aveva un'ossessione e come sai i demoni si attaccano alle nostre ossessioni, alle paure o ai vizi per aderire alla nostra mente e condizionarla.

- Demoni?

Julia li guardia perplessi.

- Va bene le visioni, i quadri ok, ma... demoni? Quelli con le corna?

- Non proprio.

Marlo scambia uno sguardo d'intesa col religioso.

- Sono entità, come delle idee o presenze, immaginali come parte di te, di me di chiunque.

- Questa mi sembra più psicologia.

- Mettiamola cosi, tutti noi abbiamo diverse personalità al nostro interno e ciò che esprimiamo è la loro media. Un demone è come la peggiore di esse che sfrutta le nostre debolezze per dominarci, è il male che purtroppo c'è in ogni essere umano. Ciò che di noi ci spaventa, che solletica i nostri istinti peggiori.

- Perdonami ma, è dannatamente complicato.

L'anziano prete annuisce sorridendo, ha la schiena incurvata dal tempo e le mani segnate dall'artrite.

- Tutto quello che vedi intorno a te è una realtà che abbiamo costruito per vivere in equilibrio, la società, le sue regole, le tradizioni, ogni cosa. Ma siamo molto più di questo, il vero divino o demoniaco è dentro di noi da sempre, è come decidiamo di impiegare il nostro potenziale,ma non tutti abbiamo la sensibilità per percepirlo. Tu, ad esempio, sei un'artista, è la tua vocazione sin da bambina e da che hai memoria eri diversa dagli altri, quando dipingi proietti sul quadro la realtà come la percepisci con la tua sensibilità, non con quella comune.

- Per questo ho avuto quelle visione?

- Credo per questo, ma l'importante è che abbiamo una pista, domani informerò Rossini e ti farò mandare in un posto sicuro finché non avremo chiuso questa faccenda, stanotte resteremo qui, di sicuro saremo al sicuro.

La chiesetta ha un giardino molto bello, al centro una fontana in marmo bianco lascia zampillare acqua fresca dentro una vasca a forma di delfino. La circondano quattro panchine immerse in un roseto. Marlo osserva i pesci nella vasca intenti a nuotare e non sente arrivare Julia dietro di sé.

- Che fai?

- Aspetto.

- Aspetti?

Gioca con un accendino, la fiamma danza rossa nell'aria scaldandogli il palmo della mano, canticchia sotto voce "Somebody to love" dei Queen.

- Aspetti il nostro misterioso nemico, quindi...

Si siede accanto a lui incrociando le gambe sulla panchina, indossa dei jeans chiari e una felpa bianca, ha le gambe magre.

- Verrà e finalmente ci scontreremo, così questa faccenda sarà chiusa e sarai libera.

- So che sembra stupido, ma, nonostante tutto, questi giorni non sono stati poi così male.

Marlo solleva le sopracciglia scrollando le spalle, ripone l'accendino nella tasca dei pantaloni e incrocia le braccia.

- Sono morte delle persone, potevano essere migliori.

- Hai ragione ma non voglio sentirmi in colpa o essere ossessionata da questo, immagino come ti senti,ma non per questo devi essere cupo, nonostante tutto siamo riusciti a ritagliarci degli spazi per sentirci vivi,per non essere schiacciati dall'orrore ed è merito tuo.

Marlo sorride, ha un bel sorriso o così gli dicono.

- In alcuni casi basta poco per compiere un piccolo miracolo, tipo una pizza.

- Hai ragione.

Julia posa la mano sulla sua, non c'è mai stato contatto fisico tra i due, ha osservato Marlo notando come eviti, con chiunque, di essere anche solo sfiorato.

- Hai paura?

- La paura uccide la mente, no, guarderò in faccia il mio nemico o la sua maschera, lascerò che mi attraversi e rimarremo solo io e lui.

Julia sospira, osserva un pettirosso disegnare una curva elegante nel cielo prima di posarsi su un ramo poco distante.

- Mi capita spesso di avere paura, non sono forte come te.

- Non devi avere paura, la paura uccide i sogni, è come una piccola morte, ma se la guardi, se guardi dove finisce, vedrai che non c'è nulla tranne te.

Julia scoppia a ridere, si passa una mano tra i capelli e rompe gli indugi dandogli una pacca sulla schiena.

- Sei impazzita?

- Parli come un cazzo di libro di aforismi; ma non riesci a essere più terra terra?

- Anche Marlo comincia a ridere, prima lo fa piano, poi esplode come una bomba.

- Sei una stronza, una dannata stronza.

Quando riescono a smettere hanno le lacrime agli occhi, questa volta è lui a posargli una mano sulla spalla.

- Forza, di che hai paura?

- Sembra che tutti vogliano che viviamo nel terrore, i media, gli stati, le religioni. Ognuno di loro cerca di infilarci qualche paura dentro, quella per l'invecchiamento, la malattia, la morte.

- Quando si tratta di controllare gli esseri umani niente è meglio delle menzogne, le persone vivono di credenze e se vuoi controllarle devi manipolare le credenze è l'unica via percorribile ma queste sono timori comuni, parlami dei tuoi.

- Le cose che più mi fanno tremare sono la paura di non lasciare il mio nome nel mondo e di non essere nessuno.

- Ci sono tante cose al mondo che devono spaventarti, non fissarti su ciò che c'è solo nella tua immaginazione e non dare tutta questa importanza alla memoria umana.

- Che vuoi dire?

- Tutti conoscono Michelangelo, Donatello o Leonardo ma quanti saprebbero dirti a chi di loro appartiene una determinata opera? Chi saprebbe riconoscere un loro quadro da quello degli altri? Solo gli esperti. così come tutti hanno sentito nominare Leopardi, Manzoni o Shakespeare ma non tutti hanno letto qualcosa che abbiano scritto o siano mai andati a teatro. Giulio Cesare, Napoleone, Alessandro Magno chi si ricorda veramente di loro? Quante piazze hai visitato fotografando monumenti e statue di grandi uomini a cavallo senza sapere nemmeno chi fossero? Non siamo progettati per vivere nel passato, il passato può darci un'identità o essere un riferimento ma la memoria collettiva procede in avanti. Per quanto possa sforzarti di inseguire l'immortalità con il tuo lavoro, prima o poi, sarai dimenticata oppure messa in un angolo dove pochi sapranno trovarti, siamo solo di passaggio e quello che conta è vivere al meglio il tempo che abbiamo.

- Forse sono troppo egoista e ambiziosa.

- No, sei giovane, è normale volersi affermare nel mondo, davanti agli altri e anche con se stessi. A me piacciono i tuoi quadri.

- Grazie.

Julia arrossisce, si sfiora i capelli abbassando lo sguardo e lascia ciondolare le gambe nel vuoto, sembra proprio una bambina agli occhi di Marlo.

- Sei una persona affascinante sai?

- Solo perché ho dieci anni più di te, quello che dico ti sembra saggio, profondo e chissà che immagine ti stai costruendo di me. Nella tua mente magari quando avrai la mia età penserai che dicevo un sacco di stronzate. È facile affascinare qualcuno quando hai più anni di lui o di lei, hai visto più cose, incontrato più persone, commesso più errori.

- Secondo me penserò alle tue parole con nostalgia, forse riusciranno a mancarmi questi giorni.

- Mi auguro che ne avrai di migliori.

Le mette un braccio intorno al collo stringendola a sé ma sul viso di Marlo compare una piccola smorfia di dolore.

- Che hai?

- Questa spalla è malandata.

Solleva il braccio che si ferma a un terzo di quella che dovrebbe essere la sua elevazione naturale.

- Una conseguenza di uno scontro piuttosto violento, niente di grave ma questo lato è quello dove sono più vulnerabile.

- Meglio se ti abbraccio io vecchietto.

Julia lo stringe forte intorno alla vita attaccando il suo viso al petto di Marlo.

- Però almeno hai il vitino stretto e sei tosto, magari un po' di pancettina ma alla tua età ci può stare.

- Vaffanculo ragazzina.

Ridono, ridono così forte che un merlo vola via da dietro un cespuglio spaventandoli e dopo ridono ancora di più come se tutto fosse perfetto. Alcune persone sono quasi preoccupate dalla felicità, sembra quasi che la sofferenza o il travaglio diano loro più sicurezza, forse perché al dolore ci si abitua mentre alla felicità no. Il resto del pomeriggio trascorre tra chiacchiere, lunghe camminate intorno la campagna che circonda la chiesa e brevi silenzi carichi di pensieri. Quando il sole comincia la sua discesa verso l'orizzonte, Marlo guarda il viso di Julia infuocato dai raggi rossi del tramonto, quegli occhi cristallini che riflettono la luce come fossero uno specchio.

- Dobbiamo andare, il mio vecchio amico starà preparando la cena e sono certo ci sia un piatto anche per te.

- Adoro mangiare.

- Fai bene, è uno dei piaceri della vita, ci sono solo quattro cose che tengono insieme gli esseri umani: amore, paura, interesse e cibo.

- E cosa tiene insieme noi due?

- Direi la paura, ma anche un certo mio fascino nordico, con questi capelli lunghi, - Marlo si passa una mano sul cranio rasato, con fare ammiccante. - Gli occhi azzurri, la mia macchina di lusso...

- Il tuo conto in banca milionario...

- Certamente.

- Andiamo, forza.

Una cena veloce, fatta di poche portate cucinate molto bene: una zuppa di fagioli con spuntature di maiale che Julia divora ma che Marlo schiva agile come uno scoiattolo.

- Vado a letto se non vi dispiace.

Julia si stiracchia, Marlo si chiede dove diavolo metta tutta la roba che riesce a mandare giù, mangia come due uomini affamati. Se ingurgitasse la medesima quantità di cibo sarebbe obeso.

- Vai pure ragazzina, fai dei bei sogni.

- Buonanotte.

Saluta sia lui che l'anziano prete con un bacio sulla guancia, senza negare a nessuno dei due un abbraccio. La vedono sparire dietro la porta della sala da pranzo lasciando dietro di sé una scia di sbadigli.

- Radiosa è il termine giusto per lei.

Marlo solleva il bicchiere pieno di vino rosso.

- Alla gioventù.

- Alla gioventù.

Brindano sorridendo, infilando giù per la gola l'ultimo sorso rimasto a disposizione.

- Hai un piano?

Il sacerdote poggia i gomiti sul tavolo fissandolo con la fronte aggrottata.

- No, aspetterò che venga a prendermi, lascerò la ragazzina da te se non ti dispiace.

- Figurati, porterà un po' di allegria in questo posto, sembra sveglia e curiosa.

- Ha delle doti non comuni, è vero.

- Già, forse ti ci vorrebbe una così.

Marlo solleva un sopracciglio mentre sfila una sigaretta dal pacchetto.

- Ha dieci anni meno di me.

- Se vuoi essere felice hai bisogno di qualcosa da fare, qualcuno da amare e qualcosa in cui sperare.

- Rimane sempre troppo giovane, carica di sogni e piena di vita, deve andare in discoteca, arrivare a fine mese senza soldi. Ubriacarsi e fare viaggi, non trovarsi un vecchio adulto dentro casa.

- Guarda il lato positivo.

- Quale?

- Gli uomini vivono meno delle donne e lei ha già dieci anni meno di te, quando sarai morto avrà il tempo di rifarsi.

Esplodono in risate fragorose, sudano, complice il caldo e l'alcool, si rendono conto che potrebbero svegliare Julia e solo per quello si tappano la bocca con la mano.

- Non essere troppo sicuro di te, hai la responsabilità della ragazzina sulle tue spalle.

Marlo annuisce, sfiora il tavolo con il palmo della mano mentre tira su con il naso.

- Hai ragione, ma è inutile pensarci, andiamo a dormire che ne dici?

- Sì, è tardi per tutti.

Accompagna il vecchio amico fino alla porta della sua camera, congedandosi con un ultimo abbraccio, poi si dirige verso la sua. Apre piano perché in quella accanto dorme Julia, c'è una piccola finestra da cui filtra qualche timido raggio di luna. Il bello della notte è che, a differenza dei giorni che hanno tutti un nome, ogni notte ha sempre lo stesso. Marlo appoggia la testa alla parete, sente il respiro di Julia nel silenzio della notte, quel silenzio che amplifica i rumori e i sogni. Apre la borsa, in una piccola tasca c'è un pezzo degli scacchi: la regina, lo mette su uno sgabello proprio sotto la luce della luna affinché la sua ombra sia proiettata sul pavimento. Ama gli scacchi, lo aiutano a concentrarsi, gli hanno insegnato ad assumersi le responsabilità delle proprie azioni, a inventare nuove soluzioni. Ora deve solo capire quali pezzi può sacrificare in questa partita e non è facile. Ripone la regina nella piccola tasca, sdraiandosi sul letto, è ora di dormire anche per lui.

Quando si rende conto del fumo che entra dalla porta, Marlo scatta in piedi, non impiega nulla a capire cosa sta succedendo. La sua fortuna è essersi addormentato vestito, afferra la bottiglia d'acqua che ha sul comodino svuotandosela addosso e su una t-shirt con cui si copre la bocca. Non apre la porta ma la sfonda con un calcio abbassandosi così che le fiamme passino sopra di lui. Il fuoco avvolge il soffitto, la porta della camera di Julia è aperta e lei non c'è, corre verso quella dell'anziano sacerdote trovandolo con la gola tagliata nel suo letto. L'alchimista li ha trovati prima del previsto e ha preso Julia, esce di corsa dal corridoio, l'intera chiesa è in fiamme. Sono stati accesi diversi focolai in più punti, come se si volesse controllare il propagarsi dell'incendio. È una trappola, lo ha intuito e sta andando dove l'alchimista vuole portarlo. Quando esce in giardino l'aria è respirabile e può gettare via la t-shirt. Si guarda intorno e vede Julia in piedi vicino la fontana, si dirige verso di lei quando si rende conto che non ha il viso sporco e non è spaventata. In quel momento lo sguardo di Marlo cadono sulle sue mani, impugna una maschera dorata con la superficie a specchio. Chiude gli occhi fermandosi a qualche metro da lei, sono poche le persone di cui si sia fidato, è troppo in là con gli anni per non aver conosciuto appieno l'incoerenza degli umani. L'ingannevole apparenza di cui sono dotati, ma lei lo ha ingannato veramente bene.

- Non deve finire per forza così.

La voce di Julia lo raggiunge come un secchio di acqua gelata sul viso, la guarda senza rabbia o odio, sospira ricomponendosi e preparandosi allo scontro.

- E come vuoi che finisca?

Una gelida furia comincia a formarsi nel suo cuore, l'adrenalina nel sangue raggiunge in breve un picco, chiude i pugni con le ossa che scricchiolano come rami secchi.

- Non ho nulla contro di te, mi sono affezionata alla tua presenza, abbiamo molto in comune.

- Questo non posso saperlo dato che mi menti da quando ci siamo incontrati.

- Hai ragione, probabilmente per te sono solo un mostro, qualcosa da distruggere, eppure anche tu ti sei affezionato a me.

- Mi sono affezionato alla tua maschera.

- No! - La voce di Julia è imperiosa, per la prima volta una smorfia di rabbia le deforma il viso perfetto. - Ero sulle tue tracce, è vero; per quanto tu voglia nasconderti, sei conosciuto in certi ambienti, ma non sapevo niente del fattore Rh nel tuo sangue. Né del tuo intervento sulla mia sottoposta.

- Sottoposta... la maestra?

- Sì.

- L'hai uccisa!

- Dovevo, stava impazzendo.

- Il demone...

- Lo hai detto anche tu, sono da sempre dentro di noi, fanno parte della nostra mente.

- Sei un mostro.

- Cosa sai di me per giudicarmi? Cosa sai di quello che mi ha reso così? Ho cinquecento anni, non hai idea di quante cose abbia visto!

Marlo allarga le braccia scuotendo la testa.

- Non m'interessa. Hai ucciso quella donna, hai ucciso i tuoi collaboratori, hai ucciso Massimo e Alberto... e anche il mio confessore!

- E tu lo sapevi, hai sempre saputo chi ero veramente.

- C'era una voce dentro di me che mi diceva di osservarti meglio, ma mi sono fatto ingannare dalle mie emozioni, ti ho sottovalutata. Sì, è colpa mia.

- Lo scopo dell'ordine era solo trovare una cura ai mali dell'umanità. Immagina cosa potremmo fare se isolassimo il potere divino del fattore Rh, quale siero miracoloso creeremmo, nemmeno la morte sarebbe incurabile.

- Non sai di cosa parli e comunque sei già immortale.

Julia solleva la maschera.

- Questo è solo uno strumento, uno strumento orribile con cui sottrarre vita al prossimo, ho dovuto crearla. Era il solo modo che avevo di portare avanti la mia ricerca nei secoli. Se fossi morta, tutto sarebbe andato perduto.

- Sei dannatamente altruista per essere un'assassina senza scrupoli, fattelo dire.

- Possiamo mettere fine a tutto questo, insieme: il tuo fattore Rh, le mie scoperte... potremmo fare passi da gigante in poco tempo!

- E su chi proveresti il siero? Volontari o vittime?

Julia s'irrigidisce, drizza il collo come se fosse stata colpita da uno schiaffo.

- Pensa ai milioni di persone che potremmo aiutare con qualche centinaio di sacrifici.

- Qualche centinaio... come li vogliamo chiamare? Danni collaterali? O, forse, preferisci martiri del progresso?!

- Non mi lasci altra scelta.

Indossa la maschera, appena le aderisce al volto un raggio luminoso acceca Marlo costringendolo a coprirsi gli occhi con le mani. Lei si muove velocissima, disegnando un'ellisse sempre più stretta intorno a lui. Deve concentrarsi, riuscire a sentire i movimenti dato che non può vederli, ma il primo colpo di Julia va a segno. Sente la lama lacerargli i vestiti e i muscoli, spingendosi fino a sfiorare l'osso della clavicola e l'omero. Urla facendo un passo indietro: lo ha colpito alla spalla sinistra, quella che non può muovere bene. Il sangue caldo esce dalla ferita, sta colando lungo il petto, scivola sull'addome con un dolore profondo che si allarga al collo. Due o tre colpi, vuole finirlo in fretta; per logica il prossimo sarà a una gamba, di certo la destra, così lo avrà completamente bloccato. Un ragionamento più veloce della mossa di lei questa volta, Marlo sente i suoi passi, intuisce la direzione del suo attacco, fa un passo indietro mentre lei si protende per pugnalarlo inducendola a sbilanciarsi. Julia cade in avanti.

Senza essere accecato dalla maschera, Marlo può gettarsi sulla sua schiena, tre calci perpendicolari alla colonna vertebrale in tre punti diversi per bloccarla, un diretto alla base della nuca per farle sbattere il viso sul terreno e due ganci dietro le orecchie per disorientarla. Quanto basta per guadagnare il tempo necessario a strapparle la maschera gettandola lontano, con un calcio allontana il pugnale girandola di peso verso di lui. Julia ha il viso sporco di sangue, le labbra spaccate e ansima.

- Ho cercato di risucchiare la tua anima... come puoi ancora combattere? La maschera non ha funzionato!

Marlo sorride, mentre il sangue della sua ferita cade sul viso di Julia sporcandole di rosso la pelle bianca.

- Non ce l'ho più un'anima, idiota.

Le assesta uno schiaffone sul viso: il ceffone di un padre arrabbiato, non di un nemico.

- Che vuoi fare?

- Darti quello che desideri: l'immortalità, tutto il tempo che vuoi.

Si allontana da lei, strappa il lembo di t-shirt che copre la ferita, il tatuaggio è distrutto come i muscoli.

- Sei libero.

Lo dice con un filo di voce prima di cadere in ginocchio, Julia lo guarda confusa mentre una luce azzurra si spande dalla ferita avvolgendo il corpo di Marlo, dal suo corpo si solleva una figura antropomorfa circondata da energia pulsante. Con lo scorrere dei secondi diventa sempre più concreta, fin quando non apre le sei ali che ha sulla schiena.

- Chi sei? Cosa sei?

Marlo ride. Il sangue gli cola dalla bocca fino al terreno, ma ha l'aria divertita.

- Ti ho detto che tutti abbiamo dentro dei demoni, ma anche degli angeli, ti presento quello che mi sono preso anni fa grazie a questo tatuaggio. Lo chiamano Uriel!

Julia impallidisce, conosce quel nome: l'arcangelo posto a guardia dell'Eden con spada di fuoco, guida di Abramo verso l'Ovest e portatore delle chiavi dell'inferno. Reggente del Sole, Fiamma di Dio, Volto di Dio, Colui che veglia sul Tuono e sul Terrore: questi sono solo alcuni dei suoi titoli. Senza parlare, Uriel allunga una mano toccando la fronte di Julia.

- Vivrai per sempre, non avrai bisogno di respirare, mangiare, bere o dormire. Il tuo corpo non conoscerà freddo o caldo, né dolore o malattia. Sarai eterna.

Quando tutto è finito Uriel scompare in un raggio bianco che si alza verticalmente verso il cielo, squarciando l'oscurità della notte. Julia guarda Marlo appoggiato con la schiena a una panchina.

- Non hai ancora capito, vero ragazzina?

- Sono immortale ora...

- Sei eterna, ma pagherai un prezzo.

- Non importa.

- Ti importerà quando vorrai bere un sorso di vino, quando vorrai mangiare o dormire, quando sarai sveglia da mille anni. Ti importerà, quando non sentirai la pioggia bagnarti o il sole scaldarti, quando al tocco di una mano non proverai nessuna sensazione. Quando la terra sarà un deserto privo di vita camminerai sola sulla sua superficie, quando il pianeta esploderà risucchiato dal sole ormai morto, il tuo corpo sarà proiettato nel vuoto dello spazio, dove vagherai tra le stelle nel pieno delle tue facoltà mentali, consapevole di ciò che ti succede.

In quel momento Julia capisce il regalo avvelenato che ha ricevuto, spalanca gli occhi cadendo al suolo, mentre con le sue ultime forze Marlo si dirige alla macchina; quando si allontana vede Julia che, scoppiando in una risata disumana, si getta tra le fiamme che, ancora alte, lambiscono la chiesa.

San Miguel è la più grande isola delle Azzorre, con i suoi settecento chilometri, immersa nell'Oceano; conta poco meno di duecentomila abitanti, Marlo l'ha conosciuta anni prima, durante un viaggio cominciato a Madeira e finito a Sao Jorge, passando per Terceira.

Le spiagge bianche si alternano a frammenti di costa a strapiombo, mentre l'interno è rimasto selvaggio e coperto di foresta, si è lasciato tutto dietro le spalle senza lasciare nessuna traccia. Si gode il sole, il mare e lavora come infermiere nel piccolo ospedale dell'isola. Cammina lungo l'Avenida Infante Don Enrique quando vede un grazioso ristorante dal nome accattivante, "Dona Rosaria", il profumo che viene dalla cucina non è male così decide di entrare.

- Posso aiutarla?

La donna che gli va incontro è di una bellezza devastante: occhi verdi, capelli ricci neri come la notte e carnagione olivastra.

- Vorrei cenare.

- Apriamo tra mezz'ora, ma se vuole può fare un piccolo aperitivo prima di cena.

- Volentieri.

Una bambina sbuca da un angolo sbattendogli contro, lo guarda con sorridendogli e sparisce tra le gambe della donna.

- Mia figlia, Rafika, è una piccola peste.

- Non siete aperti da molto...

- No, appena dieci giorni, sono da poco qui.

- Anche io, da dove venite?

- Italia.

Marlo sorride, scuote la testa e la guarda.

- Che c'è?

- Possiamo smettere di parlare portoghese.

Scoppiano a ridere.

- Avremmo dovuto capirlo dalla nostra pessima pronuncia.

- Già.

- E suo marito?

Lei solleva gli occhi al cielo, facendo segno di no con la testa.

- Divorziata e ho perso le sue tracce. Quindi sono qui da sola con due figli e un ristorante appena aperto.

- Non deve essere facile.

- No, affatto.

- Magari potremmo parlarne durante l'aperitivo?

Lei sorride, lo guarda di traverso.

- Lei ha un bel sorriso, signor...?

- Marlo, chiamami Marlo.

- D'accordo, Marlo. Chiamami Rosaria.

Si stringono la mano.

- Ti accompagno al tavolo, che vino vuoi?

- Dai per scontato che beva vino?

- Mi sono sbagliata?

- No. Rosso, quello che preferisci.

- Un vino è come il profumo: non si sceglie mai il primo che capita. Dammi cinque minuti.

Si siede accavallando le gambe, osserva l'Oceano baciato dal sole mentre qualche nuvola scivola via portata dal vento, sente un piccola fitta sulla spalla sinistra e istintivamente si tocca, sente la cicatrice sotto il cotone laddove c'era il suo tatuaggio, vede come un riflesso nel vetro del bicchiere, qualcosa che somiglia a un viso conosciuto, ma non ha il tempo di mettere a fuoco.

- Shiraz.

Rosaria poggia la bottiglia sul tavolo, la apre e versa il rosso nel calice, Marlo guada il bicchiere, non c'è nessun riflesso nel vetro. Lontano, davanti uno specchio, il demone di Marlo sorride; pensa di aver trovato il paradiso, ma non sa cosa si nasconde dietro quei grandi occhi verdi e quella cascata di capelli ricci. Non ancora.

INDICE